シリウスの
レアチーズケーキ
満月珈琲店

プレッツェル
満月珈琲店

夏の大三角形の
アイスキャンディー
満月珈琲店

真夜中のパフェ
満月珈琲店

文春文庫

満月珈琲店の星詠み
～ライオンズゲートの奇跡～

望月麻衣
画・桜田千尋

文藝春秋

目次

Introduction 12
プロローグ 25
鮎川沙月とアフォガートの記憶 39
薄明ラムネと川田藤子の想い 65
鮎沢渉のノートと雨のプレッツェル 139
あの日のスクリーン 197
エピローグ 217
あとがき 236
参考文献 239

満月珈琲店の星詠み～ライオンズゲートの奇跡～

――『満月珈琲店《まんげつコーヒーてん》』には、決まった場所はございません。

時に馴染《なじ》みの商店街の中、終着点の駅、静かな河原と場所を変えて、気まぐれに現われます。

そして、当店は、お客様にご注文をうかがうことはございません。

私どもが、あなた様のためにとっておきのスイーツやフード、ドリンクを提供いたします。

美しい星空を見上げて思う。

大きな三毛猫のマスターは、今宵《こよい》もどこかで微笑《ほほえ》んでいるのだろうと――。

Introduction

海面がまるで鏡のように空を映している。

太陽が海に溶けていくような黄昏時は、空と海の境目が曖昧《あいまい》だ。こうして眺めていると、まるで自分が宙に浮かんでいるような、不思議な感覚に襲われる。

宇宙は毎瞬『空』というキャンパスを使って、壮大な作品を描いていく。

生み出される作品に同じものはなく、すべて素晴らしい。だが、中でも日没と日の出の際に見せてくれる作品は格別だ。

オレンジ色に染まっていた空はやがてピンク色に薄まり、薄紫へと変化していく。

東の空には、満月が白銀の光を放ち始めていた。

あの光の色は、まるでこの髪のようだ。

わたしは砂浜に腰を下ろした状態で、肩を伝い腰まで流れる絹糸のような白銀の髪に手を触れる。

そのまま、膝元に置いてあったハードカバーの単行本を手にした。

――これが、彼の最後の物語なのかと思うと、切なさが胸を襲っていた。

「こんばんは」

背後から呼びかけられて、驚きから肩が微かに震えた。

不意打ちだったからではない。

わたしは常にぼんやりしがちなため、誰かに声を掛けられるといつも大袈裟に驚いてしまう。

顔を向けると、エプロンを付けた大きな三毛猫が両手を体の前に重ねている。

視線が合うなり、にこりと大きな目を三日月のように細めて頭を下げた。

そんな彼を前に、自然と顔が綻んだ。

「やあ、マスター」

わたしは微笑んで立ち上がり、体についている砂を払う。

大きな三毛猫は、『満月珈琲店』のマスターだ。そして『星詠み』でもある。

「お久しぶりですね、海王星《ネプトゥヌス》さん」

マスターの言葉に、思わずわたしは目をぱちりと瞬かせる。

「あれ、そうだったかな、久しぶりだった？」

ええ、とマスターは可笑《おか》しそうにうなずく。

「そっかぁ。でもたしかに、その名前で呼ばれるのに違和感があるから、久しぶりなんだろうね」

わたしは他の者より、時間の概念が乏しい。

「そういえば、あなたは名前を呼ばれるのが好きではなかった」

マスターは思い出したように言う。

わたしは、うん、とうなずいた。

「名前なんて意味がないもの。わたしを呼びたいと思ったなら、わたしの姿を思い浮かべてくれたら、それでいい」

「ですが、名前がないと不確かなものになってしまうものや事柄も多いですよ」

それはたしかにその通りだ。

でも……、

「この世の有象無象、すべては不確かなものだよ」

そう言ってわたしは、再び空と海の境目に目を向ける。

「ところで、ネプ……」

マスターは名前を呼ぼうとして、遠慮したように口を閉じた。気を取り直した様子で話を続ける。

「あなたはここで読書を？」

手にしている本に視線を移して、マスターは訊ねた。

わたしは胸を痛めながら、小さくうなずく。

「ここは彼の故郷でね。これが彼の最後の物語になってしまった」

本当に残念だよ、と息をついて、わたしは本の表紙に目を落とす。

「最後というと」

「彼は、もう生きるのを放棄してしまってね」

「そうでしたか……」

マスターは静かな声で答えるも、すぐに意外そうにわたしを見る。

「あなたがそういうことで、胸を痛めるとは思いませんでした。人の生死に重きを置かれていませんよね？」

死は現世の人間にとっては大きなことだ。

だが、我々の視点では、次の世界に移るステップでしかない。

「生死の話ではなくてね、わたしは、彼の綴る物語をもう読めなくなるのかと思うと残念なんだ。彼の描く現世の描写がとても美しくてね。この世界も捨てたものではないと思わせてくれる。いつも切なくて悲しげな話ばかりだったから、幸せな物語も読んでみたいと思っていたんだけど……」

ふぅ、と息をつく。

彼はまだまだ、美しい物語を描けるような気がしていた。

そんなふうに思わせるということは、その可能性はあったのだろう。

だが、ほんの少しのボタンのかけ違いで、その道が断たれることもある。

再び悲しい気持ちになって俯《うつむ》いていると、

「……良かったら、満月珈琲店の新作ドリンクを飲んで行かれませんか？」

労わるようなマスターの声が届いた。

「新作？」

わたしは顔を上げる。

マスターの背後には、トレーラーカフェがあった。

砂浜の上にぽつんと停まっている。

車の前には『満月珈琲店』という看板が置いてあった。

「嬉しいな。そのドリンクってどんな感じ？」

「最初に言っておきますが、ノンアルコールのドリンクですよ。あなたにはアルコールは危険ですから」

マスターは念を押すように言った。

自分は以前、『海を飲むように際限なく飲んで、たゆたう意識の中ふらふらと踊り続けたい』とマスターに言ってしまったことがある。

実際、調子に乗って、それに近い状態になることも多いため、マスターはなかなかアルコールを出してくれないのだ。

トレーラーに向かって歩き出したマスターの背中を見ながら、危険なのは時々なのに、とぼやく。

「残念だな、こんなに美しい空と海を見ながら、キリッと冷えたシャンパンを飲みたかったのに」

「そういえば、以前は、『シャンパンの海で泳ぎたい』と仰って、浴びるほど飲んでおられましたよね」

へべれけになったわたしの姿を思い出しているのだろう。

マスターは肩をすくめながらも、愉《たの》しげに言う。

ばつが悪くなって口を閉ざし、『満月珈琲店』の方に目を向けた。

このトレーラーカフェは相変わらずだ。

二つ窓の前にはそれぞれ一人前の飲食物を置ける程度のカウンターがあり、車のサイドに満月を模《かたど》ったライトがぼんやりと明かりを灯している。

トレーラーの前には、テーブルセットが一台。

「どうぞ」

マスターに促され、わたしは椅子に腰を下ろした。

静かな波の音は、このカフェのBGMになっている。

地球の鼓動のような波の音に身を委ねて空を仰ぐと、薄紫だった空が蒼く染まっていた。やがて藍色となっていくのだろう。

夜を迎えるというのは、深い海に潜っていくのと似ているのかもしれない。

ぼんやりと考えごとをしていると、ことん、とテーブルの上にグラスが置かれた。

またも驚いて肩を震わせてしまう。

そんなわたしを見て、相変わらずですね、とマスターは愉しげだ。

「常にぼんやりしているからね、わたしは……」

つい拗ねたような口調で答えながら、テーブルの上に目を向ける。

縦に長いグラスの中に、ソーダが入っていた。

上部が水色で下にいくほどに色が濃くなっている。底は深い藍色だ。そこに色鮮やかで宝石のようなゼリーが沈んでいた。

グラスに顔を近付けていると、マスターはこほんと喉の調子を整えた。

「こちらは、『ダイビング・ソーダ』です」

「ダイビング・ソーダ？」

「はい。秘宝が眠っているといわれている深海のソーダです。海の深さによって変わる味と香りをお楽しみください。深くまで潜る時は息継ぎをお忘れなく」

そう言ってマスターはいたずらっぽく笑う。

まるで、このグラスに海を閉じ込めたようだ。

潜っていくほどに暗くなっていき、不安を覚えるだろう。だけど底には、秘宝が眠っている。

「美しいね。それに名前もいい。わくわくする」

ストローを使ってソーダを飲む。

爽やかなのに濃厚な味わいだ。

初めての味わいなのに懐かしく、在《あ》りし日を思い起こして胸が詰まるような感覚になる。

「うん、本当に素晴らしい。マスターは健在だね」

ありがとうございます、とマスターは一礼する。

「こうやって美しい景色を見て、美しいドリンクを飲んで、美しく楽しいことを思い浮かべる。それこそが至極だよね。わたしは、なるべく快適な空間に身を委ねていたい。気に入ったものだけに囲まれていたいよ」

美味しさに浸りながらしみじみとつぶやいていると、マスターは何かを察したように、ふむ、とうなずいた。

「前々から思っていたんですが……」

「うん？」

「もしかしてあなたは、ご自分の名前を気に入っておられない……？」

そう問われて、わたしの目が大きく見開いた。

「えっ？」

思わず問い返す。

「あなたは、いつも心地よい空間にいて、自分が気に入ったものだけに囲まれていようとしています。そんなあなたが、自分が持つものの中で唯一気に入っておられないのが名前だった。だから呼ばれるのが嫌だったのではと」

「……そう、なのかな？」

わたしは呆然として、ドリンクに目を向ける。

底に沈む宝石のようなゼリーは、『わたしに気が付いて』と光を放っている。

まるで、わたしの深層心理のようだ。

グラスには自分の姿が映っていた。

白銀の長い髪、白い肌、海のような蒼い瞳。

これは、海王星と同じ色だ。

わたしは気が付いた時から、ネプトゥヌスと呼ばれてきた。

海王星はローマ神話における海神、英語の読みでは『ネプチューン』の名がつけられている。ギリシア神話ではポセイドンだ。はたまたどういうことか馬の神コーンススとも同一視されていた。
それからも連想できるだろう、海神のイメージはとても雄々しい。
しかしわたしのエネルギーはとても女性的と言われている。
だが、女性というわけではない。はたまた男性というわけでもない。
非常に曖昧な、空と海の境界線にいるようなもの。
そんな自分にとって、猛々《たけだけ》しい海神の名前は違和感があった。
呼ばれるたびに、自分の内側で『少し違う』と思ってきた。
その『少し』は、溜め込むと大きな歪《ゆが》みになる。
長い柄のスプーンで、ドリンクの底のゼリーを引き上げる。
ぱくりと口に運ぶと、何かが弾けて、すとんと腑に落ちた。
「――そうか、わたしは、名前を気に入っていなかったんだ……」
せっかく与えられたものだからと気付かないうちに我慢していたのかもしれない。
目頭を熱くさせながら、もう一度ソーダを飲む。
今気付いた痛みを癒してくれるような優しい味わいに変わっている。
「それならば、我々の間だけでも呼び名を変えましょうか」
わたしはぽかんとしてマスターを見る。
「えっ、呼び名を?」

思わぬ提案にわたしは戸惑う。

そんなわたしに構うことなく、マスターは、そうですねぇ、と腕を組んでうろうろとテーブルの周りを歩いた。

そうだ、とマスターはポンッと手を打つ。

「『サラ』はどうでしょう」

なぜ、『サラ』なのかは、すぐにピンときた。

ネプチューンの妻であり海水の女神・サラーキアの名前だ。

「『サラ』か。いい名だね」

でしょう、とマスターは得意げだ。

「でも、ヴィーナス《ヴィーナス》に怒られないかな?」

わたしは金星《ヴィーナス》の愛らしい姿を思い浮かべる。サラーキアはウェヌス(ヴィーナス)と同一神とも考えられていた。

「ヴィーはあなたに憧れていますので、喜ばれるかと」

「それなら、良かった」

美しい名前を授かって、胸が弾んでいた。

ついさっきまで名前なんて意味がない、とぼやいていたというのに——。

「わたしですら、こんなふうに知らず知らずに何か溜め込んでしまうんだから、現世を生きる人はもっと大変なんだろうね……」

そうですね、とマスターは静かにつぶやく。

「わたしはイメージを大事にしている。美しいものをイメージすることで美しいものや出来事とつながれる。そうして、美の連鎖が広がる」

こうして、誰かに気付かせてもらったことで、自分も誰かに気付きのキッカケを与えてあげることができたらと思うのも、美の連鎖なのかもしれない。

そうして、想いはつながり、広がっていくのだろう。

この海のように——。

寄せては返す波に目を向けて、わたしはそっと目を細めた。

「マスター、獅子《しし》の扉が開いている次の特別な新月もこの浜に満月珈琲店を出店してもらえるかな。わたしもお手伝いをしたいんだ」

そう言ったわたしに、マスターは喜んでと微笑む。

「ありがとう。それじゃあ、さっそくわたしも準備に入ろうかな」

わたしは立ち上がり、指を鳴らした。

晴れ渡っていた空が曇り、霧が立ち込める。

霧の中に人影が現われた時、小雨が降り出した。

「これは……」

と、マスターは、曇天の空を見上げる。

「この雨は、彼の心だね。まず、わたしはこの空を晴らさなければ……」

そう言ってわたしは、人影に向かって歩き出した。

プロローグ

獅子座の期間は、地球にとって特別だ。

毎年、八月八日前後に、『獅子の扉』が開く。

どういうことかというと、地球・オリオンベルト・シリウスという三天体が一直線に並ぶことで、普段は入って来ないような星のエネルギーが地球に降り注ぐ。獅子の扉と呼ばれるのは、太陽が獅子座に入っている時に起こるためだ。

ちなみにこのことは、『ライオンズゲート』とも呼ばれている。

扉が開いている期間は十八日間で、その間に起こる新月はさらに特別だった。

あまりに強いエネルギーが押し寄せるので、敏感な人は体調不良になってしまうこともあるとか。だけどそれは悪いことではなく、自分の中にちゃんとエネルギーが取り込まれた証でもあるという。

今年の獅子座――ライオンズゲートが開いている期間中の新月の時は、私たちは四国に集うことになった。

それは元々、マスターの気まぐれだった。

前回の満月時、『ウユニ塩湖のような景色を見たい』と言って、マスターは急遽、香川県三豊市の父母ヶ浜《ちちぶがはま》に、たった一人で満月珈琲店をオープンさせていた。

そこが気に入ったようで、今回の新月も同じ場所でとなったのだろう。

「ウユニ塩湖のような景色が見たいっていうなら、そもそもウユニ塩湖に行けばいいのに……」

天王星《ウーラノス》がそうぼやいているのを聞いた時は、ヴィーナス《わたし》(金星)もその通りだと相槌《あいづち》をうった。

だが、父母ヶ浜を訪れて、私たちは瞬時に納得した。

マスターは決して景色だけを目当てに、父母ヶ浜を選んだわけではなかったのだ。

今宵、あの御方が降臨するのを知ってのことだったのだろう――。

「やぁ、ヴィー、久しぶり。相変わらず星の光のように綺麗な金髪だね」

その美しい御方は、長い白銀の髪をなびかせてにこりと微笑む。

「ネ、ネプトゥヌス様っ!」

私は驚きのあまり、声を裏返して頰に手を当てた。

次にふわりとやってきた土星《サートゥルヌス》が、ネプトゥヌスを見て露骨に顔をしかめる。

「……これは、ネプトゥヌスさん。お久しぶりですね」

「やあ、サーたん。相変わらず、気難しそうな顔をしているね」

あなたまでサーたんと……と、サートゥルヌスは洩らして、視線を合わせる。

「あなたも相変わらず、ふわふわとしたご様子で」

この二人――今は人の姿をしているので――は正反対といっても良い存在だ。

『試練（本人は課題と言い張っている）』を司《つかさど》る土星の遣《つか》いであるサートゥルヌスは、自身も真面目で実直であり、手厳しい教官のようだ。

対してネプトゥヌスは『夢や創作』、『神秘的な事象』、『隠されていること』、『曖昧』などを司る海王星の遣いである。

本人も常に夢見心地。

いつも地に足がついていない印象だ。

相性が良くないのは、誰の目にも明らかだった。

そうはいっても、二人とも大人だ。表立って仲が悪いわけではない。

見たところサートゥルヌスが一方的にネプトゥヌスを苦手としている。自分と違いすぎて、一挙一動目に余るようだ。

だが、一目を置いている面もある。

ネプトゥヌスのエネルギーが、サートゥルヌスよりも遥《はる》かに巨大なためだ。

「うわ、ネプさん」

次にふわりと現われたウーラノスは、ネプトゥヌスの姿を見て、驚きの声を上げながら駆け寄った。

「ほんと、お久しぶりっす」

ネプトゥヌスは微笑みながら、ウーラノスの髪の毛先に触れた。

「お久しぶり、ウーラノス。今宵は綺麗な髪の色だね」

ウーラノスはころころと髪の色とメガネを変えている。

今夜は海の色に合わせたのか、金髪の下に真っ青なインナーカラーが入っている。メガネの縁も同じ色だ。

ウーラノスは、あざーす、と八重歯を見せた。

「しっかし驚きました。まさか、トラサタのネプさんが降臨するなんて」

「君もそうじゃないか」

「いや、俺は今はたまたま、色々仕事があって」

ウーラノスが言う『トラサタ』とは、『トランスサタニアン』の略。

水星、金星、火星、木星、土星、海王星、冥王星——と、地球に影響を及ぼす星々がある。

その星のエネルギーは、地球よりも遠いほどに巨大だった。

特に地球から目視できない天王星、海王星、冥王星の三星は、トランスサタニアンと呼ばれ、個人よりも社会に影響を及ぼすと言われている。

ウーラノスが『今はたまたま』と言っていたように、地球は今『水瓶座・風の時代』に入った。いわば革命期。

天王星は世の中の変革を請け負っているため、天王星の遣いであるウーラノスは地球とかかわりが深くなっている。

そもそも天王星はトランスサタニアンの中でも地球に近い星だ。私たちからしても、ウーラノスとの交流はぼちぼちあった。

だが、海王星の遣いであるネプトゥヌスが、私たちの前に現れるのは珍しい。

ネプトゥヌスは陶磁器のような艶のある白い肌、長く真っ直ぐな髪は星の光のような白銀。瞳は海のような青の中に、金色の光が鏤められていた。

小さな顔の中には、形の良い目鼻口が絶妙なバランスで配置されている。

芸術品を思わせる美しさと、すべてを包み込む海のように大きなオーラを持つネプトゥヌスは、私の理想だった。

会うたびに私は、この方の美しさを前に宇宙の奇跡を感じて、打ち震えてしまう。

「ところで、今宵は金星、土星、天王星だけ？　他のみんなは？」

ネプトゥヌスは首を伸ばして、周囲を見回す。

するとマスターの背後にいた水星《マーキュリー》がひょっこりと顔を出した。

「僕もいるよ」

銀髪に水色の瞳の美しい少年が、冷めた表情で片手を上げている。

続いてマスターが答えた。

「今宵、つながっているのはこのメンバーでして」

「あれ、月《ルナ》は？」

「ルナは、今は違うところに」

そっか、とネプトゥヌスは少し残念そうにしながら、私たちを見た。

「それじゃあ、他の仲間にも伝えてほしいんだけど、今日からわたしのことは『サラ』って呼んでほしいんだ」

はあっ？ とサートゥルヌスが眉根を寄せる。

「名前を変えるなんて……ネプトゥヌス――すなわちネプチューンという名には、人々からの尊敬と畏怖が込もっていて」

「やだなぁ。改名ってわけではなくて、ただ、仲間内での呼び方を変えてもらうだけだよ。ネプトゥヌスという名はもちろん素晴らしいと誇りに思っているんだけどね、わたしとしては、どうにもしっくり来なかったんだ。そうしたらマスターが『サラ』という素敵な呼び名をつけてくれてね」

ですが、と不服そうにぼやくサートゥルヌスの隣で、ウーラノスとマーキュリーは、まったく気にも留めていない様子だ。

「別にいいんじゃないっすか。ネプトゥヌスより、サラの方が呼びやすいし」

「サラって、サラーキアさんの名前を取ったものですよね。いいと思いますよ」

私はこれまでのことを振り返る。

思えば、ネプトゥヌスは、私たちに名前を呼ばれるたびに目をそらしていた。私はそのことを不思議に思っていたのだ。

しっくり来なかったという言葉を聞いて、そうだったんだ、と納得する。

「サラ様……。あなた様にピッタリの素敵なお名前だと思います」

ネプトゥヌス――あらためサラは、嬉しそうにふわりと微笑んだ。

「ありがとう、ヴィー。それでね、君にお願いがあるんだ」

「お願い？」

「わたしの髪を結ってほしくて」

「ええっ、あなた様の御髪に触れても良いのですか？」

畏れ多いとのけ反ると、サラは愉しげに笑う。

「ヴィーはいつも大袈裟だなぁ。わたしもたまには満月珈琲店のスタッフとして働いてみようと思って。それにはちゃんと髪を結わないと駄目だよね？」

「思いのほかまともなことを……」

と、サートゥルヌスが本当に意外そうにつぶやく。

「そ、それではサラ様、椅子に座ってください」

「うん、ありがと」

サラが椅子に座り、私がその美しい髪に触れた瞬間だ。

ウーラノスが、はたと気が付いたように前のめりになった。

「ちょっ待った、ネプ……いや、サラさん。満月珈琲店で働くって、もしかして人を助けようと思っていたり？」

勢いよく問う彼に、サラははにかんだ。

「たまにはそういうこともやってみようかなって。わたしはマスターに名前をつけてもらって、とても嬉しくて救われた気持ちになったんだ。こういう感謝の気持ちは、マスターにはもちろん、他の者へと返していくものだよね」

「それはそうだけど。いやいやいや、あなたが人に手なんか貸したら、大変なことになるから」

そう言うウーラノスに続いて、サートゥルヌスが強くうなずく。

「そうですよ。あなたはこれまで通りふわっとエネルギーを放って、たくさんの人々に夢を与えるくらいがちょうど良いかと」

慌てている二人の様子に、私は首を傾《かし》げた。

「どうして、サラ様が人助けをしてはならないの？」

私の問いに、傍観していたマーキュリーがさらっと答える。

「トランスサタニアンであるサラさんのエネルギーは、僕たちとは段違いだからね。もし、その力を人に託したら、常識を外れたようなことになるんだ」

「常識を？」

ピンと来ていない私を見て、マーキュリーはひとつ息をついて、補足する。

「たとえば世界中の誰もが知っているような大スターになるような人は、漏れなくサラさんのエネルギーの恩恵を受けているんだ」

「それって、素敵じゃない」

サラの力で新たな大スターが生まれるのを想像して、私はうっとりと両手を組み合わせる。

だがな、とサートゥルヌスが険しい表情で口を開いた。

「大スターになった本人にとっては良いことばかりではないのも分かるだろう。受け取るエネルギーが大きすぎて、破綻してしまう者が圧倒的に多い」

「たとえば、異性や酒やドラッグに溺れて早死にしてしまったりさ」

と、ウーラノスが続けた。

ああ、と私は苦々しい表情で、サラの長い髪をひとつに集めていく。

でも、とサラは気にも留めていないように続けた。

「私の与えた『夢』は今も多くの人を楽しませているよ。大スターになった者は死後も愛される。それって、その存在が永遠になるってことでしょう」

現世と黄泉を行き交う私たちは、『生』だけがすべてではなく、『死』は次のフィールドへのステップであるのを知っている。

見えない世界を司る海王星のサラにとっては、特にその想いは強い。

一方、この地球《うつしょ》で徳を積ませたい土星のサートゥルヌスにとっては素直に受け入れられないようだ。

大体ね、とサラが続けた。

「大スターになった人が、その後も自分を保っていられるかどうかなんて、わたしの仕事ではなくて君たちの仕事だよね？　よく『海王星は使いこなせない』と人から言われてしまうけど、問題なのはわたしのエネルギーではなくて、他の星たちのエネルギーとの兼ね合いだと思うんだ。特に常識を司る土星《あなた》とか。わたしは夢を与えるのが仕事だから」

サラはちらりとサートゥルヌスに視線を送る。

痛いところを突かれたとばかりに、サートゥルヌスは額に手を当てた。

「それはたしかにその通りですが……」

そうなんだよなぁ、とウーラノスは頭の後ろで手を組んだ。

「サラさんのすごいところは、ほんとに人に夢を与えることなんだよな。たとえば、ネズミのテーマパークなんてのも、まさにサラさんのエネルギーだしなぁ」

でしょう、とサラは花が咲いたように笑う。

「ウォルトさんの生み出した『わくわく』のエネルギーは見事にわたしとシンクロしてくれたよねぇ」

マーキュリーが言ったように、サラのエネルギーは常識を遥かに超えるようだ。

うんうん、とウーラノスは相槌をうつも、サートゥルヌスの表情は依然として硬いままだ。

「ですが夢を司るあなたは、時空すら歪めることがあります。その力を人にダイレクトに使うのは好ましくありません」

「大丈夫だよ。今回わたしはささやかなことで救われた気持ちになったから、ささやかなエネルギーで人を救いたいと思っているしね。この前から動き出しているんだ」

サラは話をやめて、おや、と空を見上げる。

空の蒼がどんどん濃くなり、新月のエネルギーが強くなる。それに伴うようにどこからか、美しい歌声が聞こえてきて、海岸を包んだ。

「――そうか、ルナは歌っているんだね」

今、ルナが歌っているのは、オペラではなかった。

私は歌声に耳を傾けて、目を瞑《つむ》りながら両手を組み合わせる。

「虹の彼方に……」

原題は『Over the Rainbow』。

ミュージカル映画『オズの魔法使』の主題歌だ。

虹の向こうの空高くに、子守歌で聞いた国がある。
虹の向こうの空は青くて、信じた夢はすべて現実になるんだ。
いつか、星に願うよ。
目覚めると僕は雲を見下ろしている。
すべての悩みはレモンの雫《しずく》となって、屋根の上へ溶け落ちていく。
僕はそこへ行くんだ。
虹の向こうのどこかに、青い鳥が飛んでいく。
鳥たちは、虹を超えていく。
僕も飛んで行くよ。

「信じた夢は、すべて現実になる――。今を生きるすべての人たちに、聴いてもらいたいね」

しみじみと言うサラに、本当ですね、と私は微笑む。

「ルナのこの歌声が、たくさんの人に届くといいのに」

「きっと心を開いているすべての人に時空を超えて届くと思うよ。だって……」

「だって？」

私は、サラの髪のサイドを編み込みながら訊き返す。ヘアアレンジはもう終わるところだった。全体の髪を後頭部の下の方でくるりんと巻き込んで結ぶ、ローポニーテールだ。

できました、と伝えると、サラは嬉しそうに編み込んだ部分にそっと手を触れる。

「ありがとう。ヴィーは元々こういうのが得意なタイプだったけど、腕を上げたね」

「以前、プロの美容師さんに髪を結ってもらってから、アレンジに興味を持って」

えへへ、と照れ笑いをしながら、そうだ、と私はサラを見る。

「サラ様はさっき、なんて言いかけたんですか？」

それはね、と言いかけた時、海岸側の道路を一台の車が駆け抜けていった。

サラはその車に目を向けて、そっと口角を上げる。

「獅子の扉が開かれた新月だからね」

鮎川沙月とアフォガートの記憶

＊

雲ひとつない空というのは、今日のような空のことをいうのだろう。

澄み渡るような青の下、青い海と明石海峡大橋の白いラインがとても美しい。

日頃ビルばかり見ている私には今、助手席の窓から目にしている景色がまるで絵画のように感じられた。

母は変わることなく、海の側の小さな家で細々と暮らしているのだろう。

そう思うと胸がチクリと痛む。

仕事が忙しいことを言い訳に、帰省しないこと三年。

母がそんな私を『あなたが充実した毎日を送っている証拠でしょう？』と咎《とが》めもせずに温かく見守ってくれていることに甘えきっていたのかもしれない。

とはいえ、三年も帰っていなかったなんて申し訳なかったな、と助手席で窓の外を眺める。

母の言葉通り、私は充実した毎日を送っている。

——はぁ、と彼が小さく息をついたことで、私は我に返り、運転席に目を向けた。

彼の横顔が強張《こわば》っている。

これは緊張からきているもの。

「そんな顔をしなくても大丈夫だよ」

小さく笑った私に、彼は「いや、でもさ」と頭を掻く。

これは弱った時に見せる彼の仕草だ。

「沙月《さつき》さんのお母さんに初めて会うんだから緊張するよ。ドラマみたく『お嬢さんをください』って言う方がいいのかな。大切な娘さんを僕なんかが……」

その顔が青ざめていて、また笑ってしまいそうになる。

年上なのに頼りない、と思いながらも私は彼のこうした部分を好きになった。

いつも正直で臆面もなく弱さを見せてくれる彼を、私は好きになった。

そういえば母も、『弱さを見せてくれる人が好き』と言っていた。

「大丈夫だよ。うちの母は理解あるし」

本当？　と確認するように訊ねる。

「いつも言ってるじゃない。私を尊重してくれる母だって」

うん、と彼はぎこちなくうなずいた。

車は明石海峡大橋を渡り終えて、淡路島に入っていた。

「明石海峡大橋で四国に行く場合、淡路島を通るんだよね。車で帰省するなんて初めてだから、なんだか新鮮」

「長旅だよね。飛行機の方が良かったかな？」

ううん、と私は首を横に振る。

「車で実家に帰りたいって言ったのは私だよ」

彼が言う通り、東京から四国まで車での移動はなかなかの長旅だ。

途中、静岡や神戸に宿泊しながら、実家へと向かっている。

「うちは父親がいない家庭だったから、車で遠くへ旅行ってしたことがなくて憧れだったの」

「……沙月さんのご両親は離婚して、京都から四国へ」

私のプロフィールには出身は京都と書いている。それは嘘でなく、私は京都で生まれ育った。

「父親は生まれた時からいなかったんだ。京都に住んでたのは中学まで。四国は、母の実家があってね。祖父が亡くなったから、祖母と同居することになったの。でも祖母も四年後に亡くなってしまったんだけど……」

そう説明すると、彼は、そうだったんだ、と相槌をうつ。

「それじゃあ、高校から四国？」

そう、と私はうなずく。

「けど馴染《なじ》めなくてね。普通の公立高校だったから、同じクラスの生徒たちはみんな顔見知りって感じだったし。何より、その頃の私は太っているのがコンプレックスで積極的に人と関われなくて」

「それで痩せようとがんばったの？」

「……たまたまね、映画を観たの。テレビ放送だったのか、レンタルだったのか忘れたけど。『ブリジット・ジョーンズの日記』っていう」

その映画はぽっちゃり体型の三十代・女性のロマンティック・コメディだ。

懐かしい、と彼が声を上げた。

「僕も昔観た。面白かったよね」

うん、と私はうなずく。

「面白かったし……なんだか刺さる言葉がたくさんあって」

「どんな言葉？」

「詳しくは覚えてないんだけどね」

そう言って私は肩をすくめたけれど、本当は覚えていた。

――絶望から這い上がろう。このままだと溺れ死んでしまう。

――真の幸福を手に入れることは不可能じゃない。たとえ33才で特大のお尻でも。

三十代、崖っぷちぽっちゃり女子。

そんなブリジットの前向きな言葉の数々は、私の中にある『スイッチ』を入れてくれた。

「そしてブリジットを演じた女優のレネー・ゼルウィガーは、役作りのために十キロ以上体重を増やしたっていうのを知って衝撃を受けて」

それ知ってる、と彼は相槌をうつ。

「役のために減量したり増量させたり、ハリウッドスターは本当にすごいよね」

本当に、と私は同意する。

「これがプロの仕事なんだ、って心から感心したんだよね」

「もしかして、沙月さんが女優を目指すようになったのは、それがきっかけ?」

そう、と答えると、彼は合点がいったという様子で首を縦に振っている。

「私も女優になろうって思った」

「女優になりたいじゃなくて、なろうだったんだ?」

そこを追及されるとは思ってなかった私は一瞬黙り込み、あらためて当時の自分の気持ちを振り返る。

「うん……。女優になりたいじゃなくて、なろうだった。そのためにまずは痩せようと思って。だけど運動部に入るのもそれなりにお金がかかる。うちは祖母と母だけの家庭だったから母に負担をかけさせたくなかった。お金をかけずにできる方法をと、まずはウォーキングを始めたの」

「効果はあった？」

ううん、と私は首を振る。

「ウォーキングは悪くなかったと思ったけど、私が思うような引き締まった痩せ方はしなくて。けど、通りすがりのジョギングをしている人たちはみんな、理想的に引き締まっていた。それを見て、これはもう走るしかないと思って、自分のペースで毎日海沿いの道を走っていたの。少しずつ体が変わっていくと嬉しくて。それから筋トレに嵌り出してね」

「今では、筋トレダイエット本を出すまでになったわけだ」

そう、と私は笑う。

「でも、実のところ『ダイエット』では人は痩せないんだよね」

私のつぶやきに、えっ、と彼は少し驚いたように目を丸くする。

「ダイエットでは痩せないってどういうこと？」

ごめん、と私は手をかざした。

「こう言うと語弊《ごへい》があるよね。自分のスタイルっていうのは、今している生活の結果の顕れなの。『ダイエット』というと期間限定になりがちでしょう？　一時的に体重は減るかもしれないけど、やめたら戻るのは当たり前。たとえば体重が六十キロの女性がいたとする。それは、その人がしている生活＝六十キロの体重、その体型を作り出しているということ。そこから五キロ減らしたいなら、一時的に何かをするんじゃなくて、そもそも生活を変えなきゃ」

ふむ、と彼は相槌をうつ。

「……だけどシビアな話だなぁ。だって生活を変えるって、『生き方を変える』ってことだよね？」

そうだね、と私は窓の外に目を向けた。

四国に移り住んで、ジョギングやバイトを始めた。

私の生き方が変わったのはたしかだ。

「それって、なかなかできることじゃない気がする」

たしかにね、と私は笑う。

「まるっと生き方を変えるのは、環境を変えなきゃ難しいけど、ほんの少し変えていくだけでも結果的に大きく変わっていたりするよ」

「どういうふうに？」

「たとえば、毎度の食事を腹八分目にする。もしそれがストレスなら最初は九分目でもいい。エスカレーターを使わない、姿勢を良くする、立っている時にどこかに寄りかからないようにする。寝る前に十回スクワットをする、少しだけ柔軟体操をする。……こんな感じで、どれも地味なことだけど、それが当たり前になっていったら少なくても『六十キロの生活』じゃなくなる。ちょっとしたことの積み重ね、毎瞬毎瞬の選択で姿は変わってくるの」

なるほど、と彼は感心した様子だ。

「さすが美のカリスマ・鮎川《あゆかわ》沙月」

やめてよ、と私は横目で睨《にら》む。

「『おまえ程度が本出すな、鏡見ろ』って叩かれてるの知ってるくせに」

「人前に出ている以上、多かれ少なかれ誰もが叩かれるものだし」

「それは身をもって感じてる」

万人に好かれるのも、万人に理解してもらうのも無理な話だ。

私は小さく息をついて、背もたれに身を預ける。

だが、世の中は捨てたものではない。私が大炎上して、世の中のすべてを敵に回してしまったと思った時も、応援してくれる人はいた。

万人に好かれるのが無理であるように、万人に嫌われるというのもありえないのを私は知った。

一度、炎上経験して、私も随分耐性がついたように思える。

「そういえば、鮎川っていうのは芸名で、本名は川田《かわた》さんなんだよね？」

そう、とうなずく。

事務所の一つ先輩に同じ苗字の人がいて、私は苗字を変えようと思った。川の字だけは取っておきたいと思い、母に『川がつく良い苗字って何かあるかな？』と訊ねてみたところ、『鮎川とか？』と返ってきたので、それをそのまま採用した。

そのことを伝えると彼は、へぇ、と洩らす。

「それは初耳だった。でも、川のつく苗字ってたくさんあるよね。川崎とか西川とか、どうしてお母さんは『鮎川』って言ったんだろう？」

そう問われて私は、ぱちりと目を見開いた。今まで考えもしていなかった。

「たぶん、母の好物だからじゃないかな」

「鮎が？」

そう、と答えると、彼は小さく肩を震わせる。

笑わないで、と横目で睨むと、彼は「ごめん」とまた笑い、話題を戻した。

「デビューのきっかけとなったオーディションを受けたのは、沙月さんが高校三年生のときだったよね？」

「うん。高校三年の夏休み」

人気青春小説が映画化されることになり、オーディションが行われることになった。

元々愛読していた小説だったのもあって、私の胸は躍った。

バイトで貯めたお金で東京へ行って映画のオーディションを受けて来たいと母に伝えると、母は驚いたように目を見開いたけれど、『……やるって決めたなら、がんばってきなさい』と言って、少しの足しにと一万円をくれた。

「たった一万円と思うかもだけど、当時の我が家の経済状況では精一杯の応援だったと思うんだよね。その頃、お祖母ちゃんはもう入院していたし」

嬉しかったな、と私は思い返しながらつぶやく。

彼は何も言わずに話を聞いていた。

私は貯めていたバイト代と母からもらった一万円を握り締めて、夜行バスに乗って東京に向かった。

「初めての東京は圧倒されたなぁ」

会場は渋谷で、建物の高さと人の多さにうろたえながらオーディションを受けた。

長テーブルにずらりと並んだ審査員の面々は、皆優しい雰囲気だった。

出身欄に書いた『京都』という文字を見て、食いついた人がいた。

『へー、京都なんだ』

『あ、はい。生まれは京都です』

『京ことば話せる？　おいでやすとか言うの？』

『言わしまへんえ。あれは、芸舞妓さんがお商売で使《つこ》てる言葉どすぅ』

会場で少し盛り上がったものの、私は合格を勝ち取れなかった。

今なら分かる。

オーディションはただのPRであり、主演は内定していたのだろうと。

とはいえ、チャンスの場であるのは間違いない。

私は小さな役をもらえて、事務所にも所属できた。

ラッキーだったのは、私の出演シーンが映画PRのためのCMにも流れたことだ。

それがなかなか好評を得て、仕事が舞い込むようになった。

高校卒業と同時に四国を出て、上京した。

事務所の寮に入れてもらうこともできた。寮と言っても、六畳一間に二段ベッドがふたつ並んでいて、自分の場所はそのベッドだったのだけど。

なんとしてもここから這い上がってやる、と思ったものだ。

死に物狂いでがんばった甲斐あって、今はそれなりの部屋に住んでいる。

窓の外を見ると、車は淡路島を走り抜けて、四国へと渡る大鳴門橋を渡っていた。

「もうすぐ四国だね。香川の人って、年越しにもうどん食べるって本当？」

思わず噴き出して、私は首を傾げる。

「そういう家もあるみたいだけど、うちは普通に蕎麦だったよ」

香川県というと、うどんに結び付くことが多い。

実際、香川県のうどんは美味しい。だが、うどんだけが香川県ではない。

『こんぴらさん』の愛称で知られた金刀比羅宮や天空の鳥居としてひそかに話題を呼んでいる高屋神社、最近ではウユニ塩湖のようだと評判の父母ヶ浜も人気だ。

橋を渡り、車は四国の徳島県に上陸した。

そのまま香川県へと走り抜けると、見慣れた景色が目に入ってくる。

いよいよ実家が近くなり、緊張から自然と顔が強張った。

「実は母に会うの、ちょっと怖かったりして。あの事件から初めての帰省だし」

あれは三年前のことだ。私は父親ほど年の離れた人気俳優と不倫関係になり、それが露見して大変な騒ぎとなった。

ほとんどの仕事は降板になり、世間は連日私を叩き続けた。

ため息をつくと彼は手を伸ばして、私の手の甲の上に掌《てのひら》を重ねた。

「僕も怖いよ。僕はあの時、沙月さんをしっかり守れなかったから」

何言ってるの、と私は苦笑する。

「あれは私が馬鹿だっただけ」

彼——高田《たかだ》聡志《さとし》は、私のマネージャーだ。

最初は彼のことをただの事務所との橋渡し役としか思っていなかった。

不倫騒動から二年くらい経った頃だろうか。

『もう恋愛はしないんですか?』

と、彼に問われて、私は笑いながら答えた。

『もしかして、またスキャンダルを起こすんじゃないかって心配してる? 大丈夫、今は男の影はゼロです。そもそも、あんな騒ぎを起こした私と恋愛したいって人は、なかなかいないと思うし』

『そんなことは……決してないと思います』

彼は震えるように言って、熱っぽい視線を向けてきた。

『え……もしかして、高田さんって、私のこと……』

『あ、いえ。その……』

真っ赤な頬を誤魔化すように顔を背け、すみません、と彼は続けた。

『ずっと好きでした』

彼のひたむきな想いがしっかりと届き、私の心臓が強く音を立てた。

人が恋に落ちるきっかけは、意外と単純なのだ。

マネージャーである彼は、私の表も裏も過去の過ちもすべて知ってくれている。そんな人に好きだと言われて、自分のすべてを肯定してもらった気持ちになった。

それから彼との距離が縮まり、交際に至った。

プロポーズを受けたのは、先月のこと。

「そういえば、沙月さんのお母さんは、あの騒動の時、何か言ってきたのかな？」

彼は前を向いたまま、ぽつりと訊ねる。

「何も……」

私も母に特に何も説明しないまま。一度だけ、『迷惑かけたでしょう、ごめんなさい』とメッセージを送った。

母からは『迷惑なんてかかっていないよ』と返ってきただけだ。

そんなはずはない。

この田舎だ。きっと大変な騒ぎだっただろう。

母も針の筵だったに違いない。

だけどその件に関して、母は何も言ってこなかった。

不適切な関係を結んだ娘を母はどう思っているのだろう？

「たしかに沙月さんは、騒動は起こしてしまったけど、その後の対応は素晴らしかったよ。あの謝罪会見、すごく勇気がいることだったと思うよ。がんばったよね」

うん、と私は目を伏せる。

不倫の謝罪会見の場に立つのは、とても怖かった。

「自暴自棄になっていた沙月さんが、急に『逃げずに会見を開きます』と言ってきたのには驚いたな。そういえばあの時、どういう心境の変化があったの？」

「それは……」

絶望の淵にいる時に、ある人と再会した。制作会社のディレクターであり小学校時代、登下校班の班長だった中山明里《なかやまあかり》だ。

彼女と少しの時間を共に過ごした。二人で昔話をして、身の上話をしていくうちに、しっかりと謝ろうという気持ちになれた。

その時に、とても不思議な体験をしたような気もするけど、よく覚えていない。とても酔っぱらっていたのもあって、まるで夢でも見ていたかのように、ぼんやりしているのだ。

とても大事なことを教わったのに、思い出せない。だけど、忘れているのではなく、自分の奥の奥にはちゃんと残っているような、奇妙な感覚だ。

ひとつだけ、はっきり覚えていることがある。

「とても美味しいアフォガートを味わったの。アイスの濃厚な甘さと、ほろ苦いコーヒーが絶妙で、これって人生だなぁと思った。私は甘さだけを求めて、美味しいとこどりしようとしてきた。苦さもしっかり味わおう、向き合おうと思った」

そうして私は、記者会見を開き、真摯《しんし》に謝罪した。

逃げなかったことは認められた。だが、非難の声がなくなったわけではない。今も変わらずに怒っている人はいる。

それでも、私の想いは徐々に伝わっていった。一生懸命仕事をしていくことで、少しずつ仕事をもらえるようになり、三年の月日が経過した。

今、心に引っかかっているのは、世間でもなんでもない。

母がどう思っているか、だった。

「あの時の沙月さん、逃げずにすべての非を認めたわけだし、お母さんも感心したんじゃないかな?」

どうだろう、と私は苦笑する。

「そもそも、私は母の考えていることがよく分からなくて……常に淡々としていて、感情をあまり表に出さない人だし」

彼は黙って私の言葉に耳を傾けていた。

「母は昔から私のやりたいことを肯定してくれるんだけど、手放しで褒めることはないの。いつも『あなたがやりたいように生きなさい』って感じで」

母は私がオーディションで役をもらった時も、初めてテレビに私の姿が映った時も、『良かったね』と言うだけだった。

「仕送りをしても、丁寧に現金書留で返してくるんだよ。気持ちだけ受け取っておく、自分のために貯金しておきなさいって」

「それは、すごいお母さんだね」

彼はごくりと喉を鳴らした。

「うん、尊敬してる」

私はうなずいてから、話を続ける。

「母は、いつもストイックなんだよね。母は倉庫で仕事をしているんだけど、妥協して良いところでも、絶対に手を抜かないんだって」

これは、実家の近所に住む母の友人が教えてくれたことだ。

『藤子《ふじこ》さんね、沙月ちゃんが自分のやりたいことを見付けてくれたって、嬉しそうに言ってたわよ』

と、母の友人は言っていた。藤子というのは、母の名だ。

母の友人の名前は康江《やすえ》という。東京から四国に嫁いできた朗らかで優しい人だ。

東京のことをよく知りたかった私は、康江さんに話を聞きにいったものだ。

その際、少しお節介なところもある彼女は、時おり母のことを私にこっそり教えてくれていた。

康江さんは、私にとっても親戚の叔母のような感覚だった。

母の様子を窺うのに電話で話すこともあった。

母は私には、自分のことを話そうとしなかったけれど、康江さんには、自分のことを語ることがあるそうだ。決まってお酒を飲んでいる時だけという話だけど。不倫の騒動の後、本当のことを教えてくれたのも、康江さんだった。

「うちには、父がいなかったって言ったでしょう?」

ふと話を戻した私に、彼は思い出したように、うん、とうなずく。

「父は、私が小さい時に浮気をして出て行ったって思っていたの。祖母からそう聞かされていたから、信じていたんだけど……」

彼は黙って私の話を聞いている。

「だから私は、自分も不倫の犠牲者なのに不倫をしてしまったって、罪悪感もあったんだけど、事実は違っていたんだよね」

どういうこと?　と彼は私を見る。

「あの謝罪会見の後、親戚のように親しくしてる母の友人が電話をくれたんだよね。『沙月ちゃん、立派だったよ』って」

感動していたのか、母の友人は電話口で泣いていた。

その時に私は、こう言った。

『心配かけてごめんね。私の父も不倫して家を出て行ったのに、自分が不倫をするなんて、とても恥ずかしいことをしたと思ってる。もしかしたら、不倫の血を引いているのかもしれないけど、今回のことを反省して二度と同じ間違いはしない』と――。

私の言葉が、母に届くのを意識して、そう伝えた。

「そしたら母の友人がこう言ったの。『それは違うのよ。あれは、あなたのお祖母さんが、世間体を考えて言っただけで、あなたのお父さんは、不倫して出て行ったわけではないの。不倫の血なんて流れてないんだから』と――」

そのことを伝えると、彼は不思議そうに首を傾げる。

「世間体って、どういうこと？」

私はひとつ息をついた。

「母は、バツイチじゃなくて、そもそも未婚で私を産んだんだって」

それを聞いた時、不倫の恋だったのだろうか、と一瞬懸念した。しかし、真実はもう少しシンプルなものだった。

「当時、母には長く交際していた恋人がいて、その人と別れたあとに私を妊娠しているのが分かったんだって。彼とはもう復縁できないのを知ってたから、伝える気もなかったって。『とても、まっすぐな人だから……』って母の友人は言ってて……」

私はずっと母を可哀相な人だと思っていた。

夫に不倫され、捨てられた人なのだと。

だがそうではなかった。

自分の意志で、未婚の母になることを選んだ人だった。

それはとても母らしく、私にとって納得がいくものだった。

だが、その言葉は、私に新たな衝撃を与えた。

母の友人が言うように、母はまっすぐな人だ。

妊娠した以上、産まないという選択肢はなかったのだろう。

だけど、おそらく産みたくはなかったはずだ。

私は望まれていない子どもだったのだろう。

ちくりと胸が痛む。

私はずっと母を尊敬していて、母の誇りになりたいと思ってきた。

女優の仕事を続け、活躍するほどに、他の誰でもなく母の反応が気になった。

仕事の報告をすると、母は、『がんばりが結果に結びついて良かったね』と言う。

その言葉は嬉しかったけれど、私は母に喜んでもらいたかった。

自分が望まれて生まれたわけではない、ということを知って、より一層その気持ちが強くなった。

しかし時は既に遅く、私はあんな騒ぎを起こしてしまったあとだ。

母に対し、申し訳ない、という気持ちが募った。

そういうこともあり、なかなか帰省できなかった。

車内がシンと静まり返る。

これまで流していたラジオの音声が、急に大きく感じられた。

『作家の二季草渉《ふたきぐさわたる》さんが交通事故に遭い、今も意識不明の重体であることが関係者からの報告により明らかとなりました。二季草先生の作品は多く映像化されており、海外でも人気が高く、関係者、ファンの間に衝撃が――』

えっ、と私は思わず前のめりになる。

「二季草先生が？」

信じられない、と思わずスマホを手にして、検索する。

驚いたのにはわけがあった。

私のデビューのキッカケとなった作品は、二季草渉が描いたものだったからだ。

とはいえ会ったのは、キャストが揃った最初の挨拶の時だけだ。

口数が少なくて穏やかに微笑んでいる人だった。

人気作家だというのに控えめすぎて、影が薄い印象ながらも、俳優のように見た目の良い人だったので印象に残っている。

無名の私にも親切に接してくれた。

彼も運転しながら、驚いたように、口に手を当てている。

ネットのニュースを見ていくと、二季草渉は赤信号で横断歩道に飛び出したという情報もあり、自殺の可能性も高いということだ。

「二季草先生、もしかしたら、自殺かもしれないって……」

彼は神妙な面持ちで相槌をうつ。

「作家さんって、思い悩みそうだね」

「うん、特に二季草先生の作品は、割と悲しいものが多いし……」

彼の作品はとても美しい。だが、悲しく切ない結末のものも多く、読むと、『人は所詮、孤独なのだ』ということを突き付けられる。

彼は若い時に父を亡くし、母は再婚していて疎遠だという話を聞いたことがある。

たしか今も独身のはずだ。一概に決めつけられるものではないけれど、そういうのも関係しているのかもしれない。

「それに最近、スランプに陥っているって話だったよね」

「そうなんだ？」

「沙月さんは元々ファンだったんだよね？」

「あ、うん。うちの本棚にあったのを読んでファンになって……」

そういえば、どうして本棚に二季草渉の本があったのだろう？

もしかしたら、母の方がファンだったのだろうか？

二季草渉は母と同世代のはず。そう思えば、不思議ではないのかもしれないけれど……。

「二季草先生の作品、前は結構読んでたんだけど、今は仕事が忙しくてそもそも読書する余裕がなくて……」

そっか、と彼は言う。

「二季草先生はデビューしてから割とコンスタントに作品を刊行していて、ほとんどの作品がヒットしている。傑作と呼ばれるものも多い。だけど、ここ数年の間は本を出していなくて、この前ようやく新作を出したんだけど、かつての良さがなくなっているとかで、ネットでも酷評だったみたいなんだ」

「聡志さんはその作品、読んだ？」

まぁ、と彼は曖昧に答える。

「どう思ったの？」

「世間からものすごい酷評を受けてたけど、僕はそんな悪いとは思わなかったかな。ただ、なんていうか、過去作をなぞっているような印象はあったのと胸に迫ってくる迫力のようなものはなくなっていた感じ。彼も五十代だし青春ものを書くのに限界があったのかもしれないけどね……それくらいなのに、あそこまで言われるんだから、大人気作家さんは大変だなとは思ったよ」

うん、と私は首を縦に振る。

「それしても、随分詳しいね。聡志さんこそ、ファンだった？」

するると彼は弱ったようで、自分の髪を掌で撫でた。

「……うん、まぁ。ファンになったのは、沙月さんのデビュー作の映画がキッカケだけど」

結局、彼は誰よりも私のファンだったということだ。

そう思うと気恥ずかしくなる。

頬が熱くなったので、隠すように窓の外に顔を向けると、見慣れた景色が広がっていた。

「もう、近所まで来てるよ」

「家ってマンション？」

彼は安堵の息をついて、カーナビに目を向ける。

「ううん、小さな一軒家」

母が住んでいるのは浜から近い場所にある、小さな一軒家だ。

そこはかつては祖父母の家であり、祖父母が母に唯一残してくれた財産といっても良いだろう。しかし築年数は相当経っていて、グレーの外壁は黒ずみ、ひび割れている。

どこから見ても、ボロ家だ。

「ああ、あの角のところの……」

私は人差し指を立てた状態で、絶句した。

実家の前に救急車が停まっていたからだ。

ちょうど、悲しいニュースを聞いたばかりだ。

それは虫の知らせだったのかもしれない、と私の心臓が嫌な音を立てる。

とりあえず彼に停車してもらい、私は助手席を飛び出して走る。

家の前にいた中年の女性が、「沙月ちゃん」と声を上げた。彼女が康江さんだ。

「康江おばちゃん」

担架で運ばれてきた母の姿に、血の気が引く。

「お、お母さん⁉」

駆け寄った私を隊員が制した。

「ご家族の方ですか?」

はい、と私はうろたえながら頷く。

私は救急車に同乗し、病院へと向かった。

薄明ラムネと川田藤子の想い

＊

その日は、朝から忙《せわ》しなく働いていた。

部屋中の窓を開けて掃除をして、布団を干す。

動き回る私が珍しいのか、家の白猫がみゃあみゃあと声を上げている。

「ああ、シロミ。バタバタしていてごめんね。もうすぐあんたのお姉ちゃん、帰ってくるから」

猫の名前はシロミ。名前の通りの白猫の雌で、この子は、一人娘の沙月がまだ小学校五年生の時に連れてきた。

『この猫を飼っていたおじいさんが死んでしまったんだって。それで貰い手を探していて……』

白猫を抱いている沙月の手は、小刻みに震えていた。

駄目で元々、怒られるのを覚悟のうえで連れてきたのが伝わってきた。

たまたまだが、その時住んでいたアパートの大家は動物愛護に熱心。小型犬と猫ならば飼育可だった。もちろん沙月もそのことを知っている。

沙月から詳しく話を聞くと、ピアニストだった老人が捨て猫を見付けては家に連れて帰っていた。

その老人は亡くなり、飼っていた猫たちは保健所に引き取らせるしかないという話になった。

沙月たちはなんとか猫を助けようとしていた。

おじいさんの猫たちは、同じ登下校班の少年の家で一旦預かることになり、今は皆で里親探しをしているという。

事情を聞き、そういうことか、と私は納得した。

『分かった。責任を持って世話をするんだよ。あんたの妹になるんだから』

『それじゃあ、お母さん、名前を付けてあげて』

『えっ、沙月が連れてきたんだから、沙月が名前を付けなさい』

『だって、私の妹になるんでしょう？　だったらお母さんが付けて』

『…………』

私に名付けのセンスはない。

そもそも、沙月の名も五月生まれだからだ。

最初は『皐月』にしようと思ったけれど、皐という漢字は書きにくいかもしれない、と沙に変えた。

猫の名もそうだ。

捻りはないけれど、白猫の雌で綺麗な子だったから、シロミと名付けた。

沙月は私がつけた名前に文句を言うわけではなく、嬉しそうにしていた。

それから、今日まで色々なことがあった。

父が亡くなったことで、私たちは京都から四国に移り住んだ。

その後に母も他界。

そして沙月は上京して女優になり——と目まぐるしく変化していく中、シロミだけは変わらずに私の側にいる。

沙月は上京する際、シロミを連れて行くことを考えていた。『責任を持って世話をしなさい』という私の言葉を真剣に受け止めていたようだ。

『あなたは夢を追いかけて忙しくなるんでしょう？　今よりも家が狭くなるわけだし、それはシロミが可哀相だから置いていきなさい』

沙月は申し訳なさそうにしながら、よろしくお願いします、と頭を下げた。

そんなふうにお願いされなくてもシロミはとっくに私の娘、うちの次女だ。

シロミと生活を共にして何年になるだろうか？　と私は指折り数える。

十一歳だった沙月が今や、二十七歳。

もう、十六年になる。

シロミがうちに来た当時何歳だったのか分からないけれど、平均寿命を越した老猫であるのは間違いない。

若い時のように元気いっぱいに動き回らなくなったけれど、元気そうだ。

シロミに視線を移すと、ソファーに座った状態でビー玉のような黄色い目をくりっとさせて、こちらを見ている。

「沙月が帰ってくるよ」

そう言うと、シロミはだらんとソファーの下に下がっていた尻尾を振り子のように揺らした。喜んでいるのだろう。

以前の沙月は、どんなに忙しくても、一年に一度は帰省していた。

三年も帰ってこなかったのは、私と顔を合わせるのが怖かったからだろう。

不倫騒動を巻き起こした沙月は、世間に向けて謝罪をした。

『迷惑かけたでしょう、ごめんなさい』

と、私にもメッセージがあったきり、連絡らしい連絡はなかった。

迷惑なんてかけられていない。

たしかにここは田舎で沙月がテレビに映った時、映画に出演した時、周囲の人間はいちいち大騒ぎしていた。

『すごいね、藤子さん。自慢の娘さんだね』

『鼻高々でしょう?』

そんな沙月が人気俳優と不倫関係になり、世間からバッシングされるようになると、周囲の態度は一変した。

露骨にひそひそ話をする者もいれば、『まぁ、藤子さんも大変ね』と同情めかしく話しかけてくる者もいる。

唯一、私を友人だと公言してくれる康江は、『みんなして掌返して』とハンカチを噛む勢いで悔しがり、私を心配してくれた。

私はというと、世間の反応に関しては他人が思うよりもずっと冷静であり、傷付きもせず、悔しくも腹立たしくもなかった。

胸が痛かったのは、沙月が父親ほど年の離れた男性に惹かれていたことだ。

私の母が、孫にあたる沙月に父親を浮気男と話していたのは知っていた。

だがそれを否定も肯定もしなかった。

母の気持ちも分かったからだ。近所の目がうるさい田舎では未婚の母よりも浮気男に出ていかれたとする方が、まだマシだったからに違いない。

しかし沙月はきっと、心の奥底で父親を求めていたのだろう、と。

沙月は自分の間違いを認め、それは真摯に謝罪会見を開いた。

その一方で、相手の男は沙月を悪者に仕立てようとしたのだ。

そうすると、人々の評価は変わってくる。

『沙月ちゃんは間違ってしまったけど、あんなふうに認められるのは立派だね』
『ちょっと泣けちゃったよ』
周囲の反応もこんな感じだ。
康江は『また、掌返して』と怒っていたけれど、世間なんてこんなものだ。
私たちは海の上にいる小舟のようなもの。
さざ波の時もあれば、嵐の時もある。
大事なのは、いかに船を安定させるかだろう。
自分が納得していれば、人にどんなに言われようと、前を向いて生きていける。
沙月もあの会見で、自分を肯定できたのだろう。
以前とは表情が変わっていた。
『紹介したい人がいるから、今度、お盆前にその人と一緒に帰るから』
沙月から届いたメッセージを思い出して、頬が緩む。
ただの字面なのに、不思議と沙月の緊張が伝わってくるようだ。
私はいつも沙月の想いを汲み、可能性の芽を潰さないようにしてきたつもりだ。
それなのにあの子はどこか、いつも私の目を気にしている。
「子育てって、本当に難しい」
どんな人でも、沙月が選んだ人ならば、と思っているというのに……。

ベランダに干していた布団を取り込んで、階段を降りる。

「……………」

ずきずきと頭が痛むのを感じた。軽い眩暈《めまい》もしている。

そういえば朝から動きっぱなしで、ほとんど水を飲んでいなかった。

このままでは脱水症状になってしまう。

水分を補給しなければと、冷蔵庫を開けて麦茶が入ったポットを取り出す。

つけっぱなしのテレビからは、ニュースが流れていた。

『作家の二季草渉さんが交通事故に遭い、今も意識不明の重体であることが関係者からの報告により明らかとなりました』

気が付くと、麦茶のポットは床に落ちていた。

蓋が開いて、台所の床は麦茶浸しだ。

シロミが怯えた目でこちらを見ている。

「あ、シロミ、驚かせてごめんね」

呆然としながら布巾を手にして、しゃがみこむ。

テレビドラマの中で驚きから手にしている物を落とすというシーンを時々、観ることがある。

そんな場面を目の当たりにするたびに、大袈裟な、と苦笑していた。そんなふうになるわけがないと思っていた。

だけどまさか、自分もそんなふうになるなんて……。

床を拭きながら、思考が纏《まと》まらない。

交通事故で、意識不明？

ばくばくと心臓が音を立てる。

麦茶をたっぷり含んだ布巾はずぶ濡れで、もう拭きとれそうにない。

布巾を絞ろうと立ち上がった瞬間――。

ぷつん、と意識が途切れた。

次に気が付いたのは、救急車の中だった。

薄目を開けると、沙月が私の顔を覗き込んでいる。

涙を浮かべていて、顔は青ざめていた。

整った美しい顔立ちは、私に似たのではない。

あの人から受け継いだものだ。

あなたは彼に似ていて本当に良かった。

心からそう思い、瞼《まぶた》が重くなってきて、再び目を瞑《つむ》る。

「――お母さんっ」

沙月の声が、とても遠くから聞こえた気がした。

＊

瞼の裏が明るい。
波の音が聞こえている。
薄目を開けると、私は夕暮れの父母ヶ浜に立っていた。
足下まで波がきて、すーっと引いていく。
海の近くに住んでいるというのに、こうして浜に来るのは久しぶりだ。
私はぼんやりしながら海を眺める。
にゃあん、と猫の声がどこからか聞こえてくる。
シロミ？
静かに呼びかけると、浜に白猫が姿を現わした。
「ああ、もう、シロミ。外をうろついたら危ないよ」
そう言いかけて、私は口を閉じる。
シロミではなかった。
同じ白猫だが、よく見ると違っている。

海のような真っ青な瞳が印象的なとても美しい猫だった。

白猫はもう一度、にゃあん、と鳴いて、まるで誘導するかのように背を向ける。

この浜は、空と海の境目が曖昧になる時がある。

白猫が歩く姿はまるで宙を渡っているようだ。

見上げると、ピンクと水色が入り混じった幻想的な空に、とても不思議な満月が浮かんでいる。

その輪郭しか見えない。

まるで空に白いインクで円を描いているようだった。

「不思議な満月……」

「いいえ、あれは新月ですよ」

人の声がして、肩が震えた。

その声は女性とも男性ともつかないトーンだった。

聞きやすく、とても優しい声だ。

辺りを見回しても人の姿はない。

砂浜にトレーラーカフェが停まっていた。車の前には一台のテーブルセット。

先ほどの美しい白猫がこちらを見ていた。

「いらっしゃいませ、藤子さん。おかけください」

白猫はにこりと目を細めた。

自分に声を掛けていたのは、猫だった。

どうして、猫が話すのか。どうして、私の名前を知っているのか。

混乱したけれど、その疑問には、すぐに答えが出た。

そうか、これは夢なのだと。

私は少し脱力して、椅子に腰を下ろす。

「どうぞ」

テーブルに目を向けると、いつの間にかラムネ瓶が二つ並んで置いてあった。

「ラムネ？」

はい、と白猫はうなずく。

「『薄明ラムネ』です。日の出前、日の入り後の明るい空をギュッと閉じ込めてラムネにしました」

白猫が言うように透明のラムネの瓶の中にはピンク、オレンジ、水色、青と美しいグラデーションのソーダが入っている。まるでこの空をそのまま閉じ込めたようだ。

「綺麗……」

見惚《みと》れていると白猫は、ふふっと笑って、向かい側の椅子に腰を下ろした。猫が座ったのは、とても脚の長い椅子だ。

「あなたはとても喉が渇いているはずですよ。手遅れになる前に、早く飲まれた方が良いかと」

言われてみれば喉がカラカラだ。なぜ白猫にそれが分かるのか。

それに手遅れとは、どういうことだろう?

疑問が浮かんでは、ふわりと消えていく。

夢というのはこういうものなのだろう。

「では、いただきます」

蓋は、昔からある玉押しタイプだった。

玉押しに掌を当てて少し力を込めて押すと、ビー玉が下に落ちる。

慣れない人は、ここで泡を噴き出させてしまうだろう。

実はラムネを開けるのにはコツがあった。

数秒間手を離さずにいると、そのうちに落ち着くのだ。

私は泡が落ち着いたのを確認して、そっと口に運んだ。

喉を流れていくソーダは、慣れ親しんだラムネの味にレモンやオレンジが絶妙に混ざり合っている。

冷たさと爽やかな味わいに私はギュッと目を瞑る。

まるで全身に水分が行き渡っていく気がした。

「美味しい……」

初めての味わいながら、懐かしい。

「ラムネ瓶の開け方がお上手ですね」

白猫は、にこりと目を細めて言う。

「……大昔、コツを教えてもらったんです」

「大昔とは？」

「中学生の頃だから、四十年くらい前ですね……」

そう言うと白猫は、ふふっ、と笑う。

何が可笑しかったのだろう？

小首を傾げると白猫は「失礼しました」と会釈する。

「あなた方にとって、そのくらいが『大昔』なんですね」

「それはそうですよ……」

もう決して戻れない、遥か昔の出来事だ。

「ですが、鮮明に思い出すこともできるでしょう？」

そう問われて私は、たぶん、と曖昧に相槌をうつ。

「では、目を瞑ってください」

白猫に言われて、私は素直に目を閉じた。

「中学生の頃を思い出してみてください。あなたは、どこで何をしていたか……」

まるで催眠術のようだ、と私の頬が緩む。

いや、もしかしたら本当に催眠術なのかもしれない。

学校の鐘の音が、頭の中に響き始めた。

＊

気が付くと私は、大きな建物の中を歩いていた。

ここはどこだろう、と辺りを見回すまでもない。

懐かしい中学校の校舎だ。

剝き出しの蛍光灯、長い通路、窓の外に広がるグラウンド。

響いていた鐘の音は、もうすぐ止まりそうだ。

ふと見ると、私の手には竹刀があった。

そう、私は中学時代、剣道部に所属していたのだ。

私は竹刀を手に廊下を歩いている。

今の私は、あの頃の私の中に入っていた。

だが、当時の体を動かしているわけではない。

ただ当時の体に入って当時の光景を眺めているという、不思議な状態だ。

最初は、懐かしさを感じながら校舎を見ていたが、次第に今の意識が薄れていく。

あの頃に取り込まれていた。

水飲み場で顔を洗って、タオルで拭っていると、うっ、と階段の陰から呻《うめ》き声が聞こえてきた。

『くそっ、こいつ、がんこやな』

『いつも大事げーに持っとるそのノート、見せてみいや』

『ポエム書っきょったんやろ？』

数人の男子が、一人を取り囲んでいる。

明らかに嫌がらせだ。

『ちょっと何やってるの？』

声を上げると、彼らは馬鹿にしたような笑みを浮かべて振り返る。

だけど私の姿を見て、彼らの表情が瞬時に強張った。

『やば、剣道部の川田やん』

『武士女来たで』

行こうぜ、と逃げるように立ち去っていく。

彼らに囲まれていたのは、クラスメイトの鮎沢渉《あゆさわわたる》。体が小さく、眼鏡を掛けていて、いつも俯き加減の少年だ。

時おり男子たちに嫌がらせを受けていることがある。

彼が大人しいのと、彼の母親が東京の人というのもあり、標準語を使っているのが鼻につくそうだ。しかし、それが実際の原因ではないだろう。

標準語を使っているのは、私も同じ。私の両親も元々は東京の人間だった。

彼は、他の人たちとは違う、独特の雰囲気を身に纏っていた。

私は床に座り込んでいる彼を見る。

眼鏡は床に落ちていて、彼は大学ノートを胸に抱きかかえていた。

『鮎沢君、大丈夫？』

私が手を差し伸べるも、彼はその手を取ろうとせずに立ち上がった。

殴られたのか、恥ずかしいところを見られたと思っているのか、頰が赤い。

『同情とか、そういうのいらないから』

目をそらしたまま、彼は泣き出しそうに言う。

『同情なんてしてないよ』

躊躇《ちゅうちょ》なくそう答えると、彼はゆっくりと視線を合わせた。

私はこの時、いつも小さくなっている彼の顔を初めてはっきり見た。

形の良い目鼻立ちは、まるで少女のようだ。

『それじゃあ、「いじめを見過ごせない」っていう、川田さんの正義感？』

彼は、やりきれなさを私にぶつけるかのように卑屈《ひくつ》な口調で訊ねる。

『……………』

だが問われた以上、私は思案した。

私が彼を助けたのは、なぜなのか。

はっきり言って理由などない。

いじめられている人がいたから、注意をしたまでのこと。だけどそんなことを口にしたら、それが正義感だと言われてしまうだろう。

ムキになって否定する気持ちもないけれど、正直に言うとそんな美しいものでもなかった。

だが、同情とも違っている。

自然と体が動いた、というのが、自分の中で一番しっくりくる。

もし、それに理由をつけるならば……。

『この前、テレビで観て思ったんだけどね』

彼は何も言わずに眉間《みけん》に皺《しわ》を寄せた。何を言い出すのだろう、と思っているのが伝わってくる。

『……有名人とか飛びぬけた活躍をしてる人って、学生時代にいじめを経験している人が多いんだって。テレビでは「悔しさをバネにするんでしょうね」って話してたけど、私はそれだけじゃないと思うんだ』

突然そんな話を始めた私に、彼は戸惑ったような目を見せた。

『たぶん、そういう人って、私たちのような普通の人間にはない、「特別な何か」を持っているんじゃないかって。普通の人間たちは本能でそれを察知してしまっている気がするの。人によっては、それを「異端」と捉えてしまうんじゃないかって』

彼はぽかんとした様子だったけれど、私は構わずに話を続ける。

『「異端」を排除したくなる人って、どうしてもいるんだよね。きっと自分の本心に気付かないまま、いじめてしまってるんじゃないかな』

『自分の本心って……？』

『「羨《うらや》ましい」って気持ち。鮎沢君は他の人にはない、特別な雰囲気を持っているから、それに引っかかる人がいるんだと思うよ。たとえば「足が速い」とか特別な部分が目に見えてはっきりしていたら、素直に尊敬できるんだろうけど、それがなんなのか分からなかったら、異端なんだよね』

彼は虚《きょ》を突かれたように、私を見た。

『で、私も同じ。鮎沢君の「特別な何か」を察知していてそれを護《まも》りたかった。だから理屈じゃなく助けたんだと思う。つまり君は特別な人ってことだよ』

私は床に落ちている眼鏡を拾って、彼の前に差し出した。

彼は震える手で眼鏡を受け取り、グッと俯いた。

『でもさ、理不尽なのには変わりないよね。特別なものを持っている人は、自分の身は自分で守れるようにならないと。良かったら、鮎沢君、剣道部に入らない？』

そう言うと彼は、噴き出すように笑った。

可笑しそうに肩を震わせながらも、その目の端には涙が溜まっている。

私はその涙に気付かない振りをして、『考えといて』とその場を離れた。


――それが、私と鮎沢君の始まりだった。


結果を言うと、私の勧誘もむなしく、鮎沢君は剣道部に入部はしなかった。

なんでも親にピアノを習わされていて、手を痛めるかもしれないことはできないという。

だが彼自身はピアノを続けたいわけではないという。

『家に帰ったらピアノの練習をさせられるから、図書室で本を読んでいたんだ』

私の部活が終わる頃、鮎沢君はそう言いながら顔を出す。

あの時以来、私と鮎沢君はよく話すようになった。家の方向も同じだったので一緒に登下校することも多かった。

からかってくる男子はいたけれど、私が注意をすると、彼らはすぐに黙り込む。

どうやら、私は、恐れられているようだった。

『剣道部ってこともあるんだろうけど、川田さんは、どんな恐い教師にも自分の意見を言える強さを持ってるから。そういうので一目置かれているんだと思うよ』

――と、鮎沢君は言ってくれたけれど、そんな良いものではない。

私は男子から「剣道部の猛者」「武士女」などと言われ、女子からは一線を引かれている。

私は、他の女子のようにトイレにつるんでいくタイプではないし、不快な噂話を始められたら、「ごめん、聞きたくない」とハッキリ言ってしまうからだ。

これで私が弱かったら異端として排除行為の対象になったのかもしれないけれど、私は剣道部の猛者。

近付かないのが無難と判断されているのだろう。

『親の理想を押し付けられていて、ほんと嫌になる』

鮎沢君の母親は中学しか出ていない新宿の水商売の女性だったそうだ。目を惹く容姿をしていたので、東京に出張にきた父と夜の店で出会い父に見初められて結婚、彼を生んだという。

彼の家はなかなかの資産家で、母は自分をシンデレラのように思っていた。

だが、この地にきてから、周囲や姑から学のなさを馬鹿にされ続け、母の神経はすり減っていったそうだ。

『それで、子どもに完璧を求めてるんだ。成績が少しでも落ちればヒステリーを起こすし、ピアノもコンクールに入賞するよう、いつも圧力かけられるし……』

学校帰り、海沿いの道を歩きながら、鮎沢君は力なく自分のことを話す。

彼の横顔の向こうには、美しい海が広がっている。

この頃の彼は、私よりも少し背の低い男の子だった。

そっかぁ、と私は海を眺めながら洩らす。

『鮎沢君は優しいんだね』

彼は目を丸くして、私を見た。

『今の話で、どうして僕が優しいに行きつくの？』

『だって、しんどいし、もう嫌なのに、お母さんのためにがんばろうとしてあげてるんでしょう？　すごく優しいよ』

彼は顔をしかめながら、小首を傾げる。

『……親に逆らえないだけの弱虫だって思わない？』

『うーん、逆らって反抗するって、色んなものを壊して傷つけてしまう可能性を孕んでいるよね。どっちかというと親に怒られる云々よりも、すべてが壊れてしまうのが怖かったりするじゃない？　それなら自分が我慢しようってなっちゃう。それって、弱さじゃなく、優しさだと思うんだよね』

そう言うと彼は、肩を小刻みに震わせて笑い出した。

『どうして笑ってるの？』

だって、と鮎沢君は笑ったまま言う。

『川田さんって、いつも強引なくらいに肯定してくれる』

『そうかな？　まぁでも、自分が犠牲になってる感じは良くないよ。それなら逆に自分が親を利用してるくらいに思考を変えてみたら？』

『え、親を利用って？』

『だって、勉強はできないよりできた方が絶対にいいわけだし、ピアノが弾けるってすごいことでしょう？　勉強もピアノも、親を利用させてもらって、自分のレベルを上げてるくらいに思えばいいじゃない』

『いや、ほんと、川田さん、すごいよ……』

『えっ、何が？』

なんでもない、と鮎沢君は愉しそうに目を細める。

『でも鮎沢君が、ピアノ弾けるって知らなかったな』

『言ってないから』

『えっ、どうして？　うちのクラス、まともにピアノ弾ける人いないって話だし合唱コンの時にピアノ弾く係になったらいいのに』

『嫌だよ。僕がピアノ弾いたら、あいつらにまた軟弱だって馬鹿にされる』

『そんなことないって。前にも言ったけど、人は分かりやすい特別なものがある人間を無条件で尊敬するものだよ。私も、鮎沢君のピアノ、聴いてみたいな』

『……それじゃあ、考えとく』

『あ、前向きな感じ？　じゃあ、担任に伝えておくけど、いいよね？』

『いや、ほんと、川田さん……』

彼は顔を伏せて、くっくとまた肩を震わせている。

『何がそんなに面白いの？』

『ううん。ちょっとツボに入っただけ。ねっ、喉渇かない？　お礼に奢るよ』

と、鮎沢君は近くの売店を指して言う。

『お礼なんてしてもらう覚えはないけど……』

売店に目を向けると、「冷たいラムネ」というのぼり旗が風にはためいていた。

『でも、ラムネ美味しそう』

『ラムネにしようか』

うん、と私はうなずくも、すぐに肩をすくめた。

『だけど私、いつも泡噴かせちゃうんだよね』

『あれって、コツがあるんだよ。お父さんに教えてもらったんだ』

私が、ラムネの開け方のコツを教わったのは、その時だ。

鮎沢君は、ラムネを二つ買って、一つを私に差し出した。

堤防に座って、二人の間にラムネの瓶を置く。

ビー玉を下に落としたあとも、しばらく玉押しに掌を当てて押さえておくという。

まずは、鮎沢君が見本を見せてくれた。

ビー玉が動くことで瓶の中で泡が賑やかに躍っていたけれど、しっかりと蓋を押さえているので、噴き出さず、その泡たちはやがて落ち着いた。

『本当だ……』

私が瓶に顔を近付けて感心していると、鮎沢君は『でしょう』と得意げに微笑む。

『それじゃあ、私もやってみる』

『川田さん、がんばって』

『うん、見てて。私の匠の技を』

えいや、と玉押しを押し込む。湧き上がってきた泡に思わず、うわっ、と手を離し、
泡が噴き出てきた。

『あっ、しまった』

『川田さん、急いで飲んで』

慌てて瓶に口をつけて、泡を飲む。

『匠の技とか言って……』

鮎沢君は口に手を当てて、笑っていた。

『いやはや、お恥ずかしい。修行が必要だね』

『だね。ラムネの瓶は一日にしてならずってことで』

『家でも訓練しとくよ』

そんなくだらない話をして、二人で笑い合う。

その日から私たちは、堤防でラムネを飲むことが多くなった。


その後、鮎沢君はクラスの『ピアノを弾く係』になった。

鮎沢君のピアノの技術は、他のクラスのピアノ係よりも遥かに高く、私が言っていた通り、彼を下に見ていた男子たちの目が変わっていた。

そのうちに鮎沢君は本格的な成長期に入り、ぐんぐん身長が伸びていった。

学校の女子たちは、みるみる変貌《へんぼう》を遂げた鮎沢君に興味を抱き始めたようだけど、男子と一緒に彼を馬鹿にしてきた彼女たちは、今さら良い顔もできないようで、遠巻きにしているという状態になっていた。

成績が良かった彼は、てっきり県外の高校に行くと思っていたけれど、私と同じ公立高校に進学した。

『鮎沢君が、地元の公立高校に進学するって、ちょっと意外だった』

素直に言うと、彼はいたずらっぽく笑う。

『うん、母親は大阪か京都の高校に行ってもらいたかったみたいで、最初は反対されたんだ。だけど、僕が母の手を取ってね、こう言ったんだよ。「勉強はどこでもがんばれるから家を出るのは大学に入ってからでも遅くないと思うんだ。僕はまだ、お父さんとお母さんの側で親孝行したい」って。そしたら、涙を流して喜んでくれたよ』

『鮎沢君、なんだかしたたかになったねぇ』

『えっ、これ、全部、川田さんの教えだけど？』

『そんなこと教えた覚えは……』

『親を利用しろって』

『まぁ、それに近しいことは言ったかもだけど』

『あえて、親の喜ぶようなことを言って分かりやすく動いたら、親ってすぐ感動してくれるんだ。親って、自分が思うより簡単なんだなって。何を萎縮してたんだろう、って分かったんだ』

『思ったよりもしたたかに成長して……私が教えることは何もないよ。だけど意外って言ったのは学校もそうだけど、鮎沢君は早く親元を離れたいのかと思ってた』

そう言うと彼は、うん、とうなずく。

『正直言うと、高校で家を出たい気持ちもあった。けど……』

少し前を歩いていた鮎沢君は、振り返って私を見る。

『もう少し、川田さんと一緒にいたくて……』

この時の私の気持ちは、なんて言ったら良いのだろう。

心臓が強く音を立てて、時が止まったように感じた。

彼はずっと側にいた男の子だった。

私よりも小さかった彼が、いつしか同じ身長になり、やがて私を見下ろすようになっていた。

クラスの男の子たちにいじめられがちだった彼は、もうどこにもいない。

私はこの瞬間まで、自分の気持ちに気付いていなかった。

気付いてしまったのだ。

彼が、好きなのだと――。

同じ高校に進学してからも、私たちはいつも一緒だった。

容姿端麗でスマート、ピアノが弾けて、成績優秀。運動は苦手だったけれど、周囲の女子生徒たちから『カッコイイ』と騒がれるには十分すぎるほど、高校生の鮎沢君には好条件が揃っていた。

そうなると、私は焦った。

彼が他の誰かのものになってしまう。

ずっと側で見てきたのは私なのに、などといった世の幼馴染《おさななじみ》が抱きやすい手前勝手な想いも浮かんでくる。

そんなふうに考えてしまう、自分が嫌でたまらなかった。

こんなことなら決着をつけよう。

白黒ハッキリさせたい。

そう思った私は、彼に想いを告げることにした。

『鮎沢君、最近、女子に告白されているって？』

そう問うと、彼は弱ったように笑う。

『うん、まぁ』

『ＯＫとかしたの？』

『ううん。なんだか美化されているみたいで困るよ』

『好きな子とか、いる？』

『いやぁ、そういうのよく分からなくて……』

誤魔化すように笑って歩き出そうとした彼のシャツをつかんだ。

『私と、付き合ってくれないかな』

その時の彼の表情は忘れることができない。

少し驚いたように目を見開き、凍り付いたように固まったのだ。

あ、断られる。そう思った。

私は顔を上げていられずに俯いて、目を瞑る。

ややあって、私の頭上に力ない言葉が届いた。

『――うん、いいよ。僕、川田さんのことは好きだし』

＊

私は、ふと目を開ける。

眼下には、美しいラムネの瓶が二つあった。私の飲みさしは、ソーダが半分ほど残っている。

目の前には白猫がいて、美しい碧眼で私を見ていた。

「『大昔』の思い出は、どうでしたか？」

うん、と私ははにかむ。

「幸せと罪悪感」

「罪悪感？」

「悪いことをしたなぁって、今でも胸が痛くて……」

私はそう言って、水平線に目を向けた。

彼は優しい人で、私に情を感じていたのだ。

そんな私からの告白を断れるはずがなかった。

何より、私という友達を失いたくなかったのだろう。

「その後、あなた方はずっと一緒だったんですよね？」

そう、と私は頬杖をつく。

「……大学もね、一緒に京都に行って」

鮎沢君は、偏差値の高い京都の有名私立大学、私は京都市内にある工学系の国立大学に進学した。そんなに名前が知られているわけではないけど、国立で硬派なイメージの良い大学だったので、親が進学を許してくれたのだ。

鮎沢君を追いかけたというわけではないけれど、彼が同じ市内にいるなら心強いという思いもあった。

「大学生になった彼はさらにモテていたようだけど、ずっと私の恋人でいてくれた。その後、私たちは就職したんです。私は京都市内にある工務店で図面を書く仕事に就いて、彼は神戸の証券会社に……。お互い忙しくて、学生時代のように会えなくなっていました。そして、就職してから二年くらい経った時だったかな?」

ふぅ、と息をついて、私は目を瞑る。

彼は目に涙を浮かべて、とても申し訳なさそうに言った。

『ごめんね、川田さん。僕、好きな人が、いるんだ……』

ついに来たか。

それが、最初に頭に浮かんだ言葉だった。

彼は最初から、私に恋をしていたわけではない。

そのことに私は気付いていた。

なにが、という決定的なものではない。

しいて言えば、女の勘だろうか。

唇を重ねることは多かったけれど、肌を合わせたことは数えるほどしかなかった。

彼が極力、私と甘い雰囲気にならないよう、工夫しているのを感じていた。

それは、彼の心が他にあったから。

それなのに、ずっと一緒にいてくれた。

謝るのは私の方だ。

分かった、と私はうなずく。

本音は、泣いてすがりたかった。

嫌だとごねたかった。

そんなことをしても何にもならない。

醜くすがるのは、私の性分ではない。

何よりそんなふうにしてしまえば、これまでの思い出すべてが痛々しいものに変わってしまう気がした。

二人で過ごした年月。

彼にとっては、自分の心を偽り続けた期間かもしれない。

それでも私にとっては、大好きな人と過ごせた幸せな時間だった。

『こちらこそ、今までごめんね』

私は涙をこらえながら手を伸ばして、彼の手を握る。

彼の手は、小刻みに震えていた。

彼もきっと申し訳なく思っているのだろう。

思えば長い付き合いだ。

恋人同士でいられるのは今日が最後だった。

『ひとつだけ、私の頼みをきいてくれる……？』

私は、彼の手を強く握り、最後のお願いをした。

「――そうして私は娘の沙月を授かったんです。計算していたというわけではなく、どちらかというと、『あわよくば』という感じで……。妊娠を知った時、本当に嬉しかった」

それは嘘ではない。

妊娠が分かった時、私は喜びに打ち震えた。

「お一人での子育ては大変ではなかったですか？」

すべて覚悟の上だったから、と私は頬杖をつく。

「私は両親に内緒で、お腹の子を育みました。だけど突然遊びに来られたことでバレてしまって。二人とも怒り狂ってしまって、勘当されたんです」

そこまで言って、でも、と私は頬を緩ませる。

「孫が生まれたと知ったら、しれっと会いに来て、すぐにメロメロになっていました。田舎に戻った両親は周囲の人たちに、娘は勝手に結婚して出産までしていたけれど、相手の男に浮気をされて出て行かれた、なんて触れ回ったようです」

両親にとって、未婚の母はバツイチよりもイメージが悪かったようだ。その違いは、私にはよく分からない。世間体もあるだろうけど、私を可哀相な子にして、同情を引きたかったのだろう。

「私はというと、職場を含めた周りの人たちに特に嘘はつかなかったんです。『恋人に振られたあとに妊娠が分かりまして、彼が大好きなので産むことにしました。でも彼に迷惑をかけるのは本意ではないので、黙っているんです』って」

「周りの人たちの反応はどうでしたか？」

「職場のみんなは、『馬鹿だね』『不器用だね』『相手に言うべきだよ』なんてお節介に口を出してきましたが、とても良くしてくれました。出産後も色々と助けてくれて……私は恵まれていました」

そう言うと白猫は、首を振る。

「恵まれていたのではなく、あなたが正直だったからです」

そうかな、と私は苦笑する。

「でも、ちょっとした嘘はついてましたよ？」

「嘘をつくつかないの話ではなくて、心を偽っていなかった。偽りのない言葉には、歪みがない。だから人の心に届くんです」

そんなものなんだ、と私は相槌をうつ。

「そうして、あなたは、京都で沙月さんを育てられたんですね」

ええ、と私は微笑む。

子どもの名前に、自分たちの名前を入れようとは思わなかった。この子はこの子の人生を歩むのだから。

出産予定日は四月下旬だったのだけど、娘は五月になるのを待っていたかのようにして、五月一日に誕生した。きっと、何か意味があるのだろうと、名前は皐月にしようと決めた。けれど、『皐』という字は、書くのになかなか手間取る。名前は一生付き合っていくものだから、上の一字を変えて、沙月にした。

なぜ、沙を選んだのか。調べると、沙という字には、『水辺の砂地』という意味もあるという。

二人で歩いた海岸を思い浮かべ、この字しかないと思ったのだ。

「父が亡くなるまで、私は京都で子育てをしていました……」

母ひとり子ひとりの家庭だ。普通に考えれば、楽なものではない。

だけど、工務店で図面を書く仕事は男性の給料とさほど変わらず、子どもが熱を出した時は、在宅で仕事をすることができた。

古いアパート住まいだったが、ペットも可で家賃は安く、大家も良い人だった。

アパート前の畑で作った野菜を、よくお裾分けしてくれていた。

妊娠を知った時、勘当を言い渡してきた両親も沙月が成長していくにつれて、溺愛が強くなり、『京都での子育てなんて、しんどいでしょう？　いつでも帰っておいで』と言ってくれるまでになっていた。だけど私は京都での生活が心地よく、ずっとここにいたいと感じていた。

京都の人たちは付き合いにくいという話をよく聞くけれど、私にとって、そんなことはなかった。

今振り返って思えば、嘘や見栄や嫌味を言わず、本音で向き合えば、とても良くしてくれる土地柄なのかもしれない。

「彼が、作家になったのを知ったのは、いつ頃でしたか？」

白猫に問われて、いつ頃だっただろう、と過去を思い返す。

「……シロミを飼い始めて少し経った頃かな？」

知ったのは、本当にたまたまなんです、と私は空を仰ぐ。

ベランダで洗濯物を干していると、シロミがみゃあみゃあと声を上げていた。

どうしたの？　と振り返ると、猫用の水飲み皿が空になっている。

作業を中断して部屋に入り、水をあげていると、つけっぱなしのテレビから、馴染みのある声が耳に届いたのだ。

反射的にテレビの方を向くと、彼がテレビに映っていた。

『デビュー作が映画化で話題！　証券会社のサラリーマン、文学新人賞受賞！』というテロップが画面の下にある。

三十代になった鮎沢君は、より大人の落ち着きを見せていた。

『二季草先生、俳優さんもできそう』

と、若いタレントが言っている。

『実は昔から小説を書いていたんです。でも、作家で一生食っていける人は一握りと聞いていたので趣味の域に留まっていました。ですが、就職後、仕事が本当につらかったんですよね。親のコネで入社した会社だったので、辞めるに辞められず、かといって期待に応えるような仕事もできなくて、どうせしんどいなら好きなことをしたい。小説を書いて賞にチャレンジしよう。もし作家になったら、仕事を辞める大義名分が立つと思ったんです』

鮎沢君が、作家になっている……、と私は呆然と立ち尽くした。話している内容も、とても素直な鮎沢君のまま。

思えば、彼はいつもノートを抱えていた。

何を書いているのか気になったけれど触れてはならないことのような気がして聞かずにいた。

そっか小説を書いていたんだ、と私の口から気の抜けた声が洩れた。

何か腑に落ちるものがあった。

彼のインタビューが終わると同時に、私はまだ途中だった洗濯物を放ったまま家を飛び出していた。

近所の書店に入って、彼の小説を買った。そのまま家に帰る気にはなれず、鴨川の畔に行って、ベンチに腰を下ろし、ドキドキしながらページを開いたのだ。

恋愛小説だった。

主人公は高校生の男の子で、担任の女性教師に恋をしている。既婚者であり教師でもある彼女は、当然、主人公を恋愛の対象とは見ていない。

主人公は決して打ち明けられない恋心に、苦しい気持ちを抱いていた。

――彼の書く小説は、情景の描写が美しく、とても情熱的だった。

彼が、こんなに熱いものを胸に秘めていたのに驚かされた。

その作品を読んで、私は痛感した。

やはり、自分は彼に恋愛感情を抱かれていなかったのだと……。

今や十年以上前の遠い過去になった恋を思い出し、私は胸を痛めながらも、中途半端な未練を断ち切ってもらえて、すっきりした気分にもなる。

その後、彼はデビューを足掛かりに、瞬く間に人気作家となっていった。

私は彼の活躍を遠くから眺めて、嬉しく思っていた。

一方の私は、父が亡くなったことで、京都を引き払って四国に帰った。

これまでのスキルを活かせる仕事に就くことができず、やがて母の介護も始まり、フルタイムでは働けずパートを転々とする日々。

その母を亡くし、今は、体に鞭打つような仕事をしている。

どんどん自分がくすんでいくようだった。

それでも、一度外に出たからこそ実感する。

私は彼と過ごしたこの故郷をとても愛していたのだと——。


「彼は、あなたを訪ねてきましたよね？」

白猫に問われて、私は顔を上げる。

なんのことなのか、私にはすぐに分かった。

運命のいたずらというのは、本当にある。

高校三年生になった沙月は、東京に行きたい、と私に言ってきた。

女優になりたい。映画のオーディションを受けたいという。

私は驚いた。

娘が芸能界に憧れ、懸命に努力をしているのは知っていた。だから、驚きはそのことに対してではない。

その映画の原作が、二季草渉の小説だったのだ。

思いもしないことに、頭が真っ白になった。

しかし、それを止める権利は私にはない。

私は快く娘を送り出した。

そのオーディションで娘は勝ち進めなかったが、役をもらえたそうだ。

何事もなく元気に帰ってきた娘の姿を見て、私はホッとしていた。

鮎沢君が私の許《もと》を訪ねてきたのは、それから一週間後。

九月に入ってからだ。

玄関で何か物音がしたので見に行った時に、ちょうどインターホンが鳴った。

私はそのまま扉を開けたのだ。

『――川田さん、久しぶり』

ぎこちなく微笑む懐かしい顔がそこにあった。


「彼はなんて言ってきたんですか？」

白猫が訊ねる。

白猫はすべてを分かっていながら、私に話させようとしているようだ。

「……沙月に会って驚いたって。あの子は、僕の子どもなんじゃないかってね」

「それで、あなたはなんて？」

思わず、自嘲《じちょう》気味な笑みが浮かぶ。

私はその時、彼に向かってこう言ったのだ。

『突然来て、バカなこと言わないで。あなたと別れた後に、私はすぐに他の人と付き合ったの。ちょっとあなたに似てたかな。沙月はその人との子だから』

「それで彼は？」

「…………」

『そっか、変な勘違いしてごめんね。まさか君の娘さんに会えるなんて思わなかったから、驚いたよ』

『こっちこそ気を揉ませてごめんなさいね。あっ、もしかしてあの子が役をもらえたのって、あなたの計らいだったり？』

『ううん、そんなことは……』

彼は慌てたように首を振った。

その姿を見て、嘘をついている、と感じた。

けれど私はあえて追及はしなかった。

わかったところで、彼のためにも娘のためにもならない。

彼の父が亡くなったあと、母はこの地を離れて再婚したという。

もう、この香川に帰る場所はない、といった話をして、その時は終わった。

彼を玄関まで見送り、扉を閉める。

姿が見えなくなり、私はその場にしゃがみ込んだ。

良かった、信じてもらえた。

きっと彼はこの先、私の前に姿を現わさないだろう。

これで、もう二度と迷惑をかけることがなくなる。本当に良かった。

そう思いながらも、次から次へと涙が溢れ出てきて、止まらなかった。

ふぅ、と息をついて顔を上げると、白猫は愉快そうに目を弓なりに細めている。

私は顔をしかめて、白猫を見詰め返す。

「どうして笑っているの？」

「みんな、揃いも揃って不器用で愛らしい、と思いまして」

白猫は頬杖をついて言う。

「本当のことを言えば良かったって？」

「そう思います。だって本当のことなわけですから」

そうはいかない、と私は首を振った。

「そうしたら、彼は罪悪感に苛《さいな》まれてしまう。私はまた同じ過ちを犯してしまうわけでしょう？」

彼を縛り付けてしまうことになる。

それに何もかも今さらの話。

これで良かったのだ。

「だけど、心のどこかで彼に真実を知ってほしいから、娘さんに芸名の相談を受けた時に、彼の一文字を口にしたんですよね？」

あれはっ、と私は思わず前のめりになる。

「沙月に『お母さん、川が付く苗字で、なんか良いのあるかな？』って聞かれたから、思わず『鮎川は？』って答えただけ。まさか芸名だと思ってなくて……」

「ムキになって、可愛らしい」

ふふふ、と白猫は口に手を当てている。

可愛らしいのはどっちだろう、と私は肩をすくめる。

「不器用なのは、彼の方も一緒だったということです」

どういうことだろう、と私は眉根を寄せる。

「あなたは、『あの時、こうしたら良かったのに』と選択に後悔したことはありませんか？」

「それはもちろん何度も」

けど、と私は続ける。

「鮎沢君に関することでは何も後悔していない」

告白したことも、交際できたことも、彼との別れ際にしたお願いも、訪ねてきた彼に嘘をついたことも、すべて自分勝手なものだったけど、私は後悔していなかった。

「でも、胸は痛むんですよね？」

核心を突かれて、言葉が詰まる。

「人はよく、『運命は決まっている』と言います。あなたもそう思いますか？」

私はぎこちなくうなずいた。

「だって、決まっていますよね？」

「まぁ、たしかに決まっていると言える部分はあります。たとえば、生まれる場所や親、容姿などですね。運命とは『命を運ぶ』と書きます。過去生のあなたが、次に生れ落ちる境遇を決める。それが『運命』です。設定するのは、他の誰でもなくあなた自身。あなたが運んだ命です」

話を聞きながら、でも、と私は顔をしかめた。

「もし本当に私が自分で設定できるなら、大金持ちの家の美女に生まれて、順風満帆な人生を送りたいですけど」

「では、来世の時にそう設定すると良いと思います。ですが実際に設定するとなったら、不思議と皆さんそうはしないんですよねぇ」

「どうしてですか？」

「たとえばあなたが作家だとして、いざ物語を書こうと思った時、今言った設定にしますか？」

「…………」

大金持ちの家に生まれた美女がなんのトラブルもなく、順風満帆の人生を送る物語を想像してみる。

自然と眉間に皺が寄った。私はその物語を読みたいとは思わない。

「……書かない気がします」

そういうことです、と白猫は少し得意そうに言う。

「運命が境遇で、その未来は、選択の連続です。未来はいくつも存在しているんですよ」

そこまで言って、白猫は思い出したように笑う。

どうして笑ったのだろう？

疑問に思っていると、失礼、と白猫は手をかざした。

「少し前に、同じようなことを説明したもので」

はぁ、と私が相槌をうっていると、白猫はどこからかトランプを出し、①から⑬まで模様ごとにテーブルの上に並べていった。

「七並べ？」

「はい。未来とは、この七並べがさらに無限にあるイメージです」

はぁ、と私はトランプを見下ろしながらうなずく。

一番上がスペードで、クローバー、ハート、ダイヤと並んでいた。

「藤子さんの運命、つまりスタートが『ダイヤの①』だとしましょう。最初は同じダイヤの②、③、と移動していく。ですが、自我の確立後は、選択次第ですぐ上のハートであったり、もしくはクローバーと、フィールドを変えていくことができます」

白猫は可愛らしい前足で、カードに手を置いていきながら話す。

「ささやかな選択は、隣り合わせのフィールドを移動します。隣なので似たところが多く、フィールドを移ったことに気付かない場合も多い。ですが、大きな勇気を必要とするような選択は二つ三つフィールドを飛び越えていきます」

その説明を聞きながら、まるで分からず、私は自然と首を捻っていた。

「分かりやすい例は、あなたの娘さんです」

「沙月？」

「ええ、沙月さんはオーディションを受けたことで、ガラッとフィールドを変えましたよね？　あなたと同じダイヤのフィールドからハートとクローバーを飛び越えて、スペードへと移った」

私は、こくりとうなずいた。

「トランプで譬《たと》えたので模様——フィールドは四種類しかないですが、実際は無限にあります。自分が望むことで、より理想のフィールドへと近付いていくわけです」

白猫の言っていることをすべて理解できたわけではないが、なんとなくニュアンスは分かる気がした。

人はずっと決まったレールを歩いていくのではなく、選択次第で変えられるということだ。

白猫はパチンと指を鳴らす。

テーブルの上のトランプのカードが宙を浮き、私たちの周りをぐるりと囲った。

カードはいつしか、写真に変わっている。

私の幼い頃から、今日に至るまでの写真だ。

もう一度、指を鳴らすと、写真の中の私が動き出した。

え……、と私は戸惑いながらぐるりと自分を取り囲む映像を眺める。

「なんだか、これって……」

九死に一生を得た人が彼岸で見るという、記憶の走馬灯のようだ。

「ああ、そうともいえますね」

あっさり肯定されて、私は「えっ」と声を裏返す。

「ここは、中間の場所です。人によっては彼岸と呼ぶかもしれません。過去や未来、すべてがある世界なんです」

てっきり、過去も未来もない世界と言うのかと思えば、逆だった。

「すべてがない、じゃなくてあるなんですね？」

「そうです。普段は三次元――つまりは地上で生活をしているあなた方には、ピンと来ないでしょう。地上では過去から未来へ進むことしかできませんし」

当たり前ではないか、と思いながら私は問う。

「ここはそうじゃないの？」

「この中間の場所は、五次元の世界です。さらに宇宙の奥深いところに行くと、高次元になっていくのですが……」

四次元を通り越して、五次元と言われて、私は解せなさに頭に手を当てる。

難しく考えなくていいですよ、と白猫は笑う。

「三次元での人生とは、一冊の本を読んでいくようなものです。その本は少し特別で、ページを戻すことができません。そして先のページは白紙なんです。ですが、五次元の世界ではページがすべてバラバラで散らばった状態なんです。三次元に生きるあなた方は、ここにある未来のページをつかみ取って、白紙だった先のページに写していく。そうして自分の本にしていくわけです。未来は自分の選択で決まるということです」

そう言って、白猫は今も走馬灯のように回っている映像たちを眺める。

「この場所では、このように過去も現在も未来も、同時に存在しているんですよ」

今はあえてあなたの未来を出していませんが、と白猫は付け加える。

私はもう一度自分を取り囲む映像を見た。

「だから死にかけた人は、こういうのを見るんだ」

九死に一生を得る人は、いったん三次元から抜け出す。

それでこの光景を見ることがあるということだ。

納得していると、ちなみに、と白猫は小さな指を立てる。

「わざわざ死にかけた状態にまでならなくても、皆さん毎夜、ここにアクセスしているのですよ」

毎夜？　と私は眉根を寄せるも、すぐにハッとした。

「もしかして、眠っている時？」

そうです、と白猫はうなずく。

「その時に見たものが、夢というかたちで断片的に残ることもありますね」

「だけど、あきらかに自分とは関係ないものを見ることもありますよ？」

「もちろん、見る夢がすべて自分のことというわけでもないですしね。ですが、ここで見る過去や未来は、今世だけの話ではなく、前世や来世も含まれますから関係ないことのようで、実は自分のことだったりもするんです」

それで夢って脈略がないんだ……、と私は洩らす。

未来や過去や来世や前世の映像を一気に見てしまったなら、きっとその情報を処理できないだろう。

それにしても、壮大な話だ。

「前世ってだけでも不思議な感じなのに、来世なんて……」

「これだけは覚えていてほしいのですが一番に大事なのは、いつも『今』なんです。前世や来世がたくさんあっても夢に見るのは、今に関わるもの。ほら、今のあなたが大切に思っている記憶は光を放っているでしょう？」

白猫の視線の先には、高校時代の自分と鮎沢君の姿があった。

私が鮎沢君に告白をしようかどうか、迷っているシーンだ。

思わず、釘付けになる。

意識を集中させると、その時の会話まで聞こえてきた。

『――鮎沢君、最近、女子に告白されているって？』

『うん、まぁ』

『ＯＫとかしたの？』

『ううん。なんだか美化されているみたいで困るよ』

「ドキドキしない？　ところで、鮎沢君は　好きな子とか、いる？』


『好きな子とか、いる？』

『いやぁ、そういうのよく分からなくて……』

そこまで言って沈黙が訪れる。

どうかした？　と鮎沢君が問う。

私は、ううん、と首を振っている。

そのまま口を噤《つぐ》み、告白することもなく歩いていった。

「えっ、どうして、告白しないの？」

「これらのシーンは、あなたが持つ無限の世界なので、告白しないパターンのフィールドなのでしょう。トランプで言うところのハートとクローバーの違いです」

そんなっ、と私は激しく動揺して、映像に目を向ける。

鮎沢君に告白をしない世界。

それは、あのかけがえのない思い出が存在しないということだ。

沙月が存在しない世界が生まれるということだ。

「だ、駄目だよ、がんばって！　告白しなきゃ、後悔する！」

私は思わず声を張り上げた。

するとまるで映像の中の私は、まるでその声が聞こえたかのように、足を止めた。

鮎沢君が、どうしたの？　と振り返る。

映像の中の私は、勇気を振り絞った様子で手を伸ばし、彼のシャツをつかんだ。

『私と、付き合ってくれないかな』

その言葉を聞いて、私は安堵して胸に手を当てる。

「良かった……」

どんなフィールドであろうと、想いを告げてほしい。

白猫は、ふふっと笑う。

「実は、人は常々こういうことを無意識下でやっているんですよ」

「えっ？」

「時々、よく分からないものに背中を押されたような気分になることがありませんか？　それで勇気を出せて行動できることもあるでしょう？」

「あ、たしかにあります」

鮎沢君に告白した時や、進学に迷っていた時、何かに背中を押されるように決断したことがある。

「それは、今あなたが叫んだように未来の自分が背中を押してくれていることもあるんですよ」

はっ、と私は気の抜けた声を出し、でも、と首を傾げた。

「未来の自分が、どうやって過去の私の背中を押すんですか？　夢の中でここにアクセスしてやっているということ？」

「夢の中の時もありますし、起きている時でも、たとえばあなたが、ふと過去を振り返って、『あの時、決断して本当に良かった』としみじみ実感していると、その想いがそうさせたりします。逆に、不意に過去のどうしようもなくつらいことを思い出してしまうことがありませんか？」

ありますす、と私は強くうなずく。

「そういうのは、過去の自分の嘆きが時空を超えて、あなたの許に届いているんです。ですので、その時は一緒になってつらくなるよりも、できれば励ましてあげてください。『もうすぐ乗り越えられるから、がんばって』と。そうすると励ましを受けた過去の自分は、今のあなたが知っているよりも早くに乗り越えられる」

うーん、と私は唸って、白猫を見た。

「だけどそれだと、私が持つ過去とは変わってしまいますよね？」

「ええ、違うフィールドですよ」

「それって、意味があるんですか？」

「もちろんです。そうやっていると今の自分がピンチの時に、未来の自分が助けてくれます。そうして、あなたが持つすべてのフィールドが輝き出すのです」

白猫がもう一度指を鳴らす。

映像はぴたりと静止し、再び写真のようになった。

「ですが、残念なことに未来の自分に背中を押してもらっても動けない人も多い。星の導きも含めて、他の次元からの大切なアドバイスは心の内側に届きます。天からの言葉は、羽の生えた高尚な者が目の前に降臨するような特別なかたちで起こるわけではありません。言ってしまえば、とても地味なんです」

地味……、と私は頰を引きつらせる。

「ええ、自分が発している心の声にしか思えないんですよ。ですので、常に自分の心に問いかけられ、それを聞き入れる癖ができていないと受け取れません」

そんなものなんだ、と私は白猫の言葉に聞き入る。

「特に今のあなたのように自分の心を蔑《ないがし》ろにされている方は、他次元のあなたが一生懸命、叫んでいても、その声が届かないわけです」

「私が、自分の心を蔑ろにしている……？」

私は正直に生きてきたつもりだ。その言葉が不本意で思わず胸に手を当てて、睨むように白猫を見据えた。

「ええ。あなたは故郷に戻ってきてから、自分の運が悪くなったように思ってませんでしたか？　だけど、それを認めようとしていなかった」

どきん、と心臓が嫌な音を立てた。

「人の運気が滞る最大の原因は『自分を偽る』ことです。京都で子育てをしていた時に何かと上手くいっていたのは、偽っていなかったから。たとえ少しの偽りでもそれを重ね続けると、大きな歪みとなっていく」

そこまで言って、白猫はジッと見詰めた。

「藤子さん、あなたは本当は実家に戻りたくはなかったんですよね？　居心地の良い職場を失いたくなかった」

思わずカッとなって、私はテーブルを叩いた。

「勝手なこと言わないで。どんなに帰りたくなくたって、帰るしかない状態や、事情があるの！」

こんなぼんやりした空間で仙人のように生きている猫には決して分からない。

それこそ、地上ならではのどうしようもないしがらみがある。

こういう得体の知れない存在は、『すべてをかなぐり捨てて自分の心に正直に生きるべきだ』などと言うのだろう。

それができれば苦労しないのだ。

しかし意外にも、分かってますよ、と白猫は優しく言う。

「三次元はしがらみの地、土星的に言うと修行……いえ、課題の場です。どうしようもない場合や、やむをえない事情があるでしょう。不本意な選択をしなくてはならないことが往々にしてある。そういう場面に陥った時、大事なことが、三つあるんです」

三本指を出したいのだろう、白猫は手をかざす。

「三つ？」

「一つは、本音を認めることです。藤子さんの場合で言うと、まずは『実家に帰りたくない』という気持ちを蔑ろにしない。たとえばですが、『そうだよね、実家に帰りたくないよね』と認めてあげる。二つは、その本音を発している自分に対して事情をしっかり説明し、そして謝る。『帰りたくない。けど、帰らなきゃいけないんだ。ごめんなさいね』と。三つは、自分の中で決意表明をする。『帰りたくなかった私だけど、実家に帰る。これは自分で決めたことで誰のせいにもしない』と――」

この三つです、と白猫は言い切る。

あまりにも簡単で、私はぽかんと口を開く。

「えっ、それだけ？」

「はい。こうすると、自分を蔑ろにせずに、被害者にもならず、新しい未来を歩いて行けます」

被害者という言葉を聞いて、私の胸がちくりと痛んだ。

結婚もせず、勝手に子どもを産んだ。そのことに後悔はないけれど、親に申し訳ないと思っていた。だから父が亡くなり、母に『同居してほしい』と頼まれた時、それを断ることができなかった。親不孝な娘だった分、せめてできることをと思い、了承した。それなのに、心のどこかで、自分は被害者になっていたのだ。

「この三つができていないと、『帰りたくない』の心を司る自分がいつまでもぐずぐずと足を引っ張るんですよ。元の場所に戻りたくて新しい地ではラッキーを起こさせないようにしてしまうこともあるんです」

ええっ、と私は身を震わせた。

「それじゃあ、こっちに来てからついてなかったのは、自分のせいってこと？」

はい、と白猫はあっさり答える。

「あなたに起こるすべては、すべてあなたが起こしている事象です」

ただ……、と白猫は話を続けた。

「さっきも言ったように、あなたはたくさんいます。未来のあなた、過去のあなた。そして今のあなたの中にも潜在意識のあなた、顕在《けんざい》意識のあなたとそれこそ無限に。この世界に生まれた目的は、すべてのあなたの想いを統一させることです。そうすると、不思議なくらい願いは簡単に叶っていきます」

私は信じられずに、思わず目を凝らすようにして白猫を見やる。

「つまり、自分の心を一つにするのが大事ってことですよね？　納得できていない心があれば、説得して不本意でも分かってもらう必要があると」

「呑み込みが早いですね」

「そういうのが大事だというのは、なんとなく分かるんですが、でもどうして自分の想いを取り纏めることが、『願いが叶う』につながるんですか？」

白猫は、ぽかんとして口を開けて私を見た。

人にはそこから説明が必要なんですね……、と洩らし、指を立てた。

「そもそも、宇宙の運気というのは常にらせん状に上昇しているんです。それは川が上から下に流れていくのと同じくらい、当たり前なことなんです」

白猫は指先をくるくるとまわす。

小さなつむじ風が起こり、それは天へと上昇していった。

「なので、人は幸せな気持ちでぼんやりしていれば、運気の上昇気流に乗れるものなんです。ですが、色んな自我が邪魔をして、自分で自分の足を引っ張るようになる。そうすると、気流に乗れずに留まってしまう。留まるのは運気の滞りということです。上昇する世界で動けない状態を『運が悪い』と言いますね」

「あ、そうか。それじゃあ、責めたり、後ろを振り返りたがったりする自分がいなくなれば、すんなり運気に乗れる」

「そういうことです。足を引っ張る存在がいなくなって、全あなたが一丸となって運気の波に乗って進んでいくので、願いが簡単に叶っていく」

白猫はきらりと蒼い瞳を輝かせた。

ものすごいことを聞いてしまった気がする。

ただ、もしたくさんあるすべての自分の想いがひとつになっても、自分の願いが叶う気がしない。

そもそも、自分の願いがなんなのか、まったく分からないのだ。

その時、急に白猫がびくんと背を震わせた。

「どうしたの？」

「怖い猫に、『教えすぎだ』と睨まれました」

「えっ、怖い猫なんてどこに？」

周囲を見回すと、トレーラーの中に黒と白のハチ割れの猫の姿があるのが見えた。

私と目が合うなり、すぐに姿を隠す。

どうやら、この空間にいるのは、この白猫だけではなかったようだ。

「今のハチ割れが？」

そう、と白猫は耳を寝かせる。

「彼は、人は試練を与えれば与えるほどより輝くなどと思っている厳しい教官タイプで、こういう宇宙の仕組みも誰かから教わるのではなく、自分で気付いてほしいと思ってるんです……」

「私の剣道の師範もそういうところがありました」

「考え方はそれぞれの個性なので、彼の考えを否定する気はないのですが、わたしの考えは違っているんです。そもそも、ルールは先に知っておくべきだと。こういった仕組みを知ったうえで楽しくチャレンジしてほしい。だって生きるって遊ぶことじゃないですか」

そう言って両手を広げ、

「藤子さんはどう思います？」

と、白猫は前のめりになった。

トレーラーの窓にハチ割れの黒耳がちらりと見える。

どうやら聞き耳を立てているようだ。

「生きるのが遊ぶことというのは、全然ピンと来ないんだけど……」

そう言うと、ハチ割れの黒い耳が、うなずくように揺れる。

でも、と私は続ける。

「習い事や料理、家事、なんでもそうですけど自分で最善のやり方に気付いた時には変な癖がついてしまっていたりするので、それなら最初に知っておきたい、と思ってしまいます。だって最善の方法や裏情報のような仕組みを知っていても、簡単にマスターできるわけではないですし」

私の言葉を聞いたハチ割れは、しゅんとしたように耳を寝かせていた。

怖いと聞いていたけれど、その耳が愛らしくて頬が緩む。

「彼は、あなたがお気に入りだったので、堪えたのでしょうね」

「どうして、私がお気に入り？」

「あなたは自分を偽っていましたが、人に対してとても誠実で真面目でしたからね。躊躇《ためら》わずに他人をサポートし、誰も見ていないところでも手を抜かない。自分の仕事ぶりをアピールするわけでもない。実に太陽・乙女《おとめ》座らしい方で彼はそういう人間をとても好んでいます」

たしかに私は、九月生まれの乙女座だ。

「不思議な白猫さんは、私の星座まで知っているんですね？」

「もちろん、全部の星座を知ってますよ」

全部？　と私は目をぱちりと瞬かせる。

「星座って、乙女座以外にあるんですか？」

「そうです。でも、あなたの星に関しての説明はわたしより、うちのマスターが適役でしょう」

「マスター？」

「彼ですよ」

白猫はそう言って、トレーラーに視線を送る。

その合図を受け取って中からエプロンをつけた猫が出てきた。

二メートルにはなるだろう、巨大な三毛猫だ。

わぁ、と私は大きな三毛猫を見上げる。

「いらっしゃいませ、藤子さん。此度はサラさんが接客をがんばると仰っていたので、ご挨拶を後回しにしていました。わたしは『満月珈琲店』のマスターです」

大きな三毛猫のマスターは、胸に手を当てて頭を下げる。

白猫の名前は、サラと言うんだ。そんなふうに思いながら、私も頭を下げ返して、彼の後ろに見えるトレーラーカフェに視線を送った。

「素敵なお店ですね」

ありがとうございます、とマスターはにこりと微笑む。

「――満月珈琲店には、決まった場所はございません。時に馴染みの商店街の中、終着点の駅、静かな河原や海辺と場所を変えて、気まぐれに現われます。そして当店は、お客様にご注文をうかがうことはございません。私どもが、あなた様のためにとっておきのスイーツやフード、ドリンクを提供いたします」

話を聞きながら、私は少し愉しくなって微笑んだ。

「それで、ラムネを出してくれたんですね」

「ええ。ですが、それはサラさんのおもてなしでした。わたしからはこちらを」

そう言うとマスターは、私の前に一皿を置いた。

皿の上に載っているのは――。

「レアチーズケーキ……」

真っ白なレアチーズケーキの上に、まるで宝石のような大きなブルーベリーが載っている。たらりと掛かっているブルーベリーのソースが、ケーキの白さを際立たせていた。

「『シリウスのレアチーズケーキ』です。おおいぬ座の一等星、『シリウス』を使ったブルーベリーのレアチーズケーキを作りました。今は獅子の扉が開いている――シリウスの強いエネルギーが、地球にダイレクトに届いている特別な時です。全天で最も明るい星の味をどうぞお楽しみください」

なんて綺麗なケーキ、と私はつぶやくと、マスターはカップにコーヒーを注いだ。

「月光ブレンドのコーヒーもご一緒に。ご自分の人生を懸命にがんばってこられたあなたを癒してくれると思います」

その言葉に目頭が熱くなる。

「ありがとうございます」

いただきます、と会釈をし、コーヒーを口に運ぶ。

ほろ苦さが染み入り、これまで張り詰めていた心を癒してくれるようだ。

珈琲の美味しさに浸っていると、マスターが話を始めた。

「さて、星座の話ですが、あなたはご自分を乙女座だと思っていたんですよね？」

はい、と私は顔を上げる。

「それは間違いではありません。ですがそれがすべてではないんですよ。乙女座は、あなたの『太陽の星座』です。太陽星座はあなたの表看板であなたが外に見せている顔を暗示します」

「私の表看板が乙女座……」

私がなんとなく相槌をうっていると、白猫が言う。

「わたしは、乙女座っていうとナイチンゲールのようなイメージを持ってるなぁ」

ナイチンゲールは、伝説的な看護師だ。戦場では敵や味方関係なく、負傷兵の治療に尽力し、看護学校を設立したことでも知られている。

乙女座がナイチンゲールのイメージというのは分かりやすかった。

だけど自分はそんなに高尚な人物ではないけれど、と私は気恥ずかしさを感じながら身を縮ませる。

するとマスターが続ける。

「太陽星座が表看板でしたら、心や内側を表わすのが月の星座なんです」

白猫に自分の心を蔑ろにしていると言われたのもあり、私は思わず前のめりになって、マスターを見上げた。

「私の心の星座って？」

「獅子座ですよ」

「獅子座……？」

そういうこと、と白猫がうなずく。

「藤子さんの心には、強さとカリスマ性を持つ百獣の王がいるんです」

ばくん、と私の心臓が強く音を立てた。

まるで必死に隠していたものを暴かれたような、そんな気分だ。

「藤子さんの凛《りん》として立ち、自分を曲げない根底には獅子のプライドがありました。ですが、あなたはこの獅子を押し込めてきたのです」

そう言ったマスターに、白猫が話を引き継ぐ。

「檻に閉じ込められ続けた獅子は、何度壁を引っかいても雄たけびを上げても、扉が開くことはなかった。爪は剝がれ、喉は嗄れて、今やすべてを諦めた目で、檻の隅でジッとしているイメージです」

話を聞きながら、体が小刻みに震えてくる。

気が付くと頰に涙が伝っていた。

マスターが、すっ、とハンカチを差し出した。

「心を無視し続けると、自分が分からなくなります。どうか、もっと心の声に耳を傾けてあげてくださいね」

私は涙を流したまま、うなずいた。

マスターは『シリウスのレアチーズケーキ』に目を落とし、

「どうぞごゆっくり召し上がってください」

そう言って再びトレーラーへと戻っていく。

私はそっと、レアチーズケーキの皿を手に取り、口に運んだ。

ケーキは少しの弾力を感じるも柔らかい。しっとりと上品な甘さで、大人の味わいだ。

私はドキドキしながら光沢を放っているブルーベリーを一粒食べてみる。

ブルーベリーの甘酸っぱさが口の中で弾けた。

ケーキと一緒に食べることで互いの味を引き立て合い、爽やかながらも深い。まるで、学生時代の思い出のような味わいになる。

自分の中でも、何かが弾けた感覚がして、涙が溢れ出た。

なぜ、涙が流れるのか……。

これまでに感じたことがないほどに、この涙は熱かった。

檻の中にいた獅子のものなのだろうか。

無視され続けた苦しみなのか、ようやく存在に気付いてもらえた喜びなのかも、今の自分には分からなかった。

私は涙を拭って、ぽつりとつぶやいた。

「どうやったら、自分の心が分かるようになるんだろう?」

「自分にいちいち問いかけることです」

そう言う白猫に、いちいち? と私は訊き返す。

「たとえば、今からコーヒーを飲むとしましょう。あなたはきっと何も考えずに、いつも使っているコップを手に取る。そうではなく、食器棚を前にして今の自分はどのコップを使いたいと思っているのか、はたまたそれ以前にコーヒーを本当に飲みたいのか。逐一自分の心に問いかけるんです」

えっ、と私は顔をしかめた。

「そんな些細《ささい》なこと?」

「細かなことですが、心を蔑ろにした選択はやがて大きな歪みになるんです。人は選択の連続でフィールドを移動していく。未来が決まるのですから」

すべて積み重ねということだ。それは分かる気がした。

「でも、私が唐揚げを食べたいと思っているけれど、体のために焼き魚にする場合もあって、それも蔑ろですか?」

率直な質問に、白猫は笑う。

「その場合は、さっき言った話に通じるんですよ」

そうか、と私は手を打つ。

「『唐揚げを食べたい気持ちでいる自分』を受け止めたうえで、『でも体のためだから』と伝えて、『焼き魚にする』と自分で決めたら蔑ろにはならないんだ」

よくできました、と白猫は相槌をうつ。

「わたし自身は、心のままに生きて良いと思っているのですが、しがらみの三次元でそうしていくと、『不健康』という歪みになってしまう。そのためにハチ割れのような厳しい指導者もいる。やはり地上ではバランスは大事ということですね」

しみじみと話す白猫を見ながら、そのあたりのことはやはりよく分からず、私は曖昧に相槌をうつ。

レアチーズケーキを食べながら、でも大変ですよね、と私ははにかんだ。

「大変というと？」

「世の中にはたくさんの人たちがいていろんな意見がある。それがまとまることなんてないのに、自分の中のひとりひとりにまでたくさんの意見があるなんて、大変なことじゃないかって」

するとと白猫は、ふふっと笑った。

「世に起こることは人々の内側の顕れです。皆さん自分自身を蔑ろにしているから、世の中は不平不満の声で溢れているんですよ。自分と宇宙《ミクロ　マクロ》は呼応している。だから、世界を良くしたければ、自分の内側を整えることです」

話が難しくて、私は渋い表情をしてしまう。

レアチーズケーキを食べ終え、ご馳走様です、と手を合わせた。

白猫はそれを待っていたようで、「では」ともう一度指を鳴らす。

写真のようになっていたカードの中で、再び映像が動き出した。

「ここからがわたしの本題なんですよ」

「本題？」

「実はですね、こんなにもたくさんのフィールドがありながら、あなたには『存在しない世界線』もあるんです」

どういうことか分からず、私は首を捻る。

「でも、さっき、私の世界は無限に存在するみたいなことを言ってませんでした？」

無限の世界というのは、たとえば私が岐路に立っていたとして、①の道、②の道、③の道と、どの道を選んだ未来も、この五次元には存在するということだろう。

しかし、『存在しない世界線がある』という。

譬えるなら、『④の道へだけは進まない世界線がある』という状態なのだろうか？

「そんなこともあるんですね？」

そうなんです、と白猫は真剣な表情で私を見る。

「本当に滅多にないことです。ある意味あっぱれですね。素晴らしきナイチンゲールが獅子をとことん抑え込んでいる。内側の獅子には、もちろん本音もあるのですが、ナイチンゲールの気持ちを尊重しているようです」

「その気持ちって……？」

「『彼を護りたい』という想いです。彼があなたの許を訪ねた時、沙月さんは自分の子ではないか、と問いました。それに対してあなたは否定しましたね」

はい、と私は答える。

「そこなんです。あなたが彼に真実を告げる世界線が存在しないのです」

「…………」

驚きはしなかった。

常に思っていることだった。

彼に迷惑をかけたくない。彼の心を縛りたくない。

彼の自由を全力で護る。

それが、彼の子どもを勝手に産んだ私の償いであり、感謝の気持ちだ。

「そうですね。私は過去に戻れても同じ選択をすると思います。だから、過去の自分にエールも送らない」

そうなんですよねぇ、と白猫は息をつく。

「それじゃあ、わたしが困るんです」

「どうして、あなたが？」

私が問い詰めると、それはそうと、と白猫は話を変えた。

「沙月さんの出生の真実はさておき、あなたは彼がどんな気持ちでいたのか、聞いてみたいとは思いませんか？」

「鮎沢君の気持ちを？」

白猫は静かにうなずく。

「あなたは、彼が何を考え、何に悩み、どんな人を好きになってしまったのか、本当のところは分かっていませんでしたよね？」

それはもちろんそうだ。

「そんなの、誰だって他人のことは分からないわけだし……」

私は思わず、目をそらす。

「ですが、あなたが言う『大昔』は違ったんですよ。かつてのあなたは彼をしっかりと目をそらさずに見てきました。ですが大人になるにつれて、真実を明らかにするのが怖くなり、目を背けるようになったんです」

白猫の言う通りだった。

大学に進学をし、以前と同じように楽しく過ごしながら、私は不安でたまらなかった。

彼に振られるのは、時間の問題だと思っていたからだ。

彼が他の誰かに恋をしているのでは？　と感じたこともあった。

それに気付かない振りをして、今一緒にいられる時間を大切にしようと見て見ぬ振りをし続けていた。

「彼は作家デビューして筆名を『二季草渉』にしましたよね？　筆名の由来はご存じですか？」

私は首を横に振る。

彼のインタビュー記事などは目を通しているが、筆名の由来について彼は語ったことがないように思う。

「二季草は、藤の花のことなんですよ」

ぶるり、と全身が震えた。

「彼にとって、あなたがどんな存在だったかくらいは、聞いてみても良いのではないのでしょうか？　再びこのラムネを飲みながら」

そう言うと白猫は開いていない方のラムネの瓶を、私に向かって差し出した。

いつの間にか目の前には、大きなスクリーンが広がっていた。

鮎沢渉のノートと雨のプレッツェル

*

世の中には、天に祝福されて生まれてくる子どもと、そうではない子どもがいる。

たとえば、世界のある町では双子は忌《い》み子と呼ばれ、片方は幽閉されていたという。

同じ親から同じ日に、時として同じ姿形で生まれ落ちながら、少しの時間の違いで、その運命は天と地ほどの差を持つ。

かくいう、僕がそうだった。

僕は、双子の弟として生まれたそうだ。

双子の片割れは、生まれてすぐに亡くなってしまったという。

人は、この世に数時間しか生きられなかった子どもが不運で、生き残った僕が幸運だったと言うかもしれない。

だけど、それはまるっきり逆だ。

本当ならば、幽閉される方の忌み子が生き残ってしまったからなのかもしれない。

僕はずっと不幸だった。

物心ついた時から、母と祖母の諍いが絶えない家だった。

祖母から見れば溺愛している息子が家に連れてきたのは、東京の水商売の女だった。

そんな、どこかでよくある話も田舎では格好の餌食《えじき》だ。

祖母は周囲からの好奇の視線に耐えられず、自ら被害者となって、母の悪口を触れ回り、母は母で応戦する。

家の中は地獄と化し、父もそんな家に帰りたくないのか、忙しいのを理由に留守にしがちだった。


母は自分の友人と会うと、決まってこう言う。

『すごいでしょう、みんなにシンデレラじゃんって言われているんだ。秀ちゃん、マジでお金持ちだしね。いくら持ってるのか分からないんだけど、とりあえず、お金に苦労はしないって感じ。秀ちゃん、あたしがねだったらなんでも買ってくれるんだ。ただ、うざいのがババア。同居なんてしたくないんだけどさ、そもそもそれが結婚の条件っつーか。秀ちゃんが一度結婚に失敗したのも、ババアのせいなんだよ。前の嫁がなかなか子どもできないってことでいびり倒したみたい。最悪じゃん？　だから、秀ちゃんはあたしが妊娠してめっちゃ嬉しかったって。ただ、結婚するならババアと上手くやってほしいって。まぁ、ババアも歳も歳だから、そんな長生きしないだろうしね。あー、早く死んでくれないかな』

祖母は祖母で、自分の友人たちにこう話している。

『ほんまに、秀俊もあなな女と再婚せんでもええのに。若さに目が眩んだんやろなあ。見るからに金目当てなんがわからんのかいの。学がないきん、言葉遣いも何もほんまにわややで。でも、子供産むんだけはできたんやな。後は出て行ってくれたらそれでええんやけどな。あの派手ーな化粧と香水の匂い嗅いだらもう吐き気がするわ。結婚生活やって長続きやせんわな。秀俊もあなな女、すぐ飽きるんは目に見えとるわ。結婚やせんと、適当に遊んでくれたらそれでええんや』

毎度毎度、こんな話を聞かされる。

最悪な家庭環境だった。

父は家から逃げてばかりで、家庭の問題も見て見ぬ振りする夫としては最悪なタイプだ。けれど、僕は父を憎めなかった。

会えば優しくしてくれて、お小遣いをくれる。

父がいれば、嫁姑の戦いも休戦する。

最初は、互角の戦いをしていた母と祖母も、いつしか祖母の方が優勢になっていった。頼る人もいない田舎で、遠回しにも面と向かっても、ちくちく嫌味を言われ続け、図太そうに見えた母の神経も次第にすり減っていった。

母が最大の武器としていた若さと美しさが、次第に失われていったのも、大きな要因だったのかもしれない。

川が上から下へと流れていくように、ストレスも同じ。一番下にいる者の許へと流れつく。

母は自分の怒りやストレスをすべて僕にぶつけた。

『渉、勉強しなさいっていってるでしょ！』

『休憩する時間があるなら、ピアノをやったらどうなの？』

『塾の曜日増やしたからね！』

テレビを観る、漫画を読む、そういう時間を過ごすことは許されなかった。かろうじて許されるのは、小説を読むこと。

母は読書が苦手で、そんな自分にコンプレックスを持っている。僕が読書をしていると嬉しそうだった。

何もしていない時は注意をされるので、常にノートを持つようにしていた。

母の気配を感じたら、ノートを開き、勉強をしている素振りをする。

家の中で萎縮し続けている者が、学校でイキイキできるはずもない。

体が小さく、眼鏡を掛け、いつも身を縮ませて生活をしていると、強い者の加虐心《かぎゃく》を煽るのだろう。いつもいじめの対象だった。

だけど、それを親に伝えることはできない。自分の息子がいじめられているなど、母にとっては受け入れがたいことだと知っていたからだ。

家で勉強ばかりしていても、学校の成績は良くはなかった。

授業中、発言するなどの積極性に欠けていたのと、テストとなると緊張してしまい、本来の実力がまったく出せない。

冷静になれば、解ける問題すら分からなくなる。

パッとしないテストの点数を見ては、母は狂ったように怒鳴り散らす。

今度はしっかりしないと、そう思えば思う程に緊張して、本来の実力を出せない。

まさに悪循環だった。

小学校の卒業式、めずらしく両親と祖母が揃って出席していた。

父はスーツ、母と祖母は高価な着物姿だ。

嬉しかった気持ちも、

『鮎沢の父ちゃんって、父さんっちゅうより、じいさんみたいやな』

『おまえの母ちゃん、ホステスしよったたってほんまなん?』

遠慮のない残酷な言葉に、萎んでいく。

式が終わると、仲が良い者たちは学校のグラウンドに集まって、写真を撮り合っていた。

『渉も友達と写真を撮ってあげるよ。連れておいで』

母にそう言われた時が、一番つらかった。

友達がいないなどと言えず、お腹が痛いから帰りたい、と言ってグラウンドを後にした。

中学生になっても事態は変わらなかった。

僕は相変わらず、家にも学校にも居場所がなかった。

どこにも心を落ち着ける場所がなかった僕は、溜まっていく鬱屈した想いをどうにもできず、いつも手にしているノートに物語を書き綴るようになっていた。

その物語は、いじめられ続けた忌み子が覚醒したことで、それまで自分をいじめてきた者たちが、次々に不幸な死を遂げていくという呪いの物語だ。

家に帰りたくなかったので、放課後教室に残って、ノートに物語を書いていると、

「鮎沢、なに書っきょん？」

頭上で声がして、体がびくんと跳ねる。

顔を上げると、いつもちょっかいをかけてくるクラスメイトの男子三人が嘲笑《ちょうしょう》しながら、こちらを見下ろしていた。

終わった、と目の前が真っ暗になる。これ以上、自分が落ちることはないと思っていたのに、さらに最悪なことは起こるものだ。

自分がノートを持って、教室を飛び出すと、当然のように彼らは追いかけてくる。

弱い者を狩ろうと、目をらんらんと輝かせていた。

運動神経が良くない僕は、すぐに捕まって、階段下に連れ込まれた。

「見せろや」

無理やりノートを奪おうと腕を引っ張られるも、僕はしっかりと胸に抱いて蹲《うずくま》った。

絶対に渡すわけにはいかない。

背中を蹴られて、頬を叩かれる。その時、衝撃で眼鏡が床に落ちた。

「くそっ、こいつ、がんこやな」

「いつも大事げーに持っとるそのノート、見せてみいや」

「ポエム書っきょったんやろ？」

そう言いながら一人が、眼鏡を踏みつけようと足を上げた。

もし眼鏡が壊れたら、母に何を言われるか。

それでも、ノートを見せたくはなかった。

その時、通路に凛とした声が響いた。

「ちょっと何やってるの？」

女子の声だった。

彼らは少し馬鹿にしたように振り返って、ギョッとする。

同じクラスの川田藤子。

あっさりとした顔立ちで、肩にかかる程度の髪を後ろに一つにまとめていて、とても姿勢が良い。

親が元々東京の人間で、僕と同じように標準語を話している。

彼女は、クラスでも少し異質な存在だった。

異質といっても、僕とは違っている。

僕が一人で教室にいたら、哀れな存在だ。

だが、彼女が教室に一人でも、哀れは感じない。むしろ崇高さを感じる。

彼女は強いのだ。誰とも群れていないのに、いつも堂々としていた。

皆が怖がる教師を前にしても、正しいと思ったならばしっかりと意見を言う。そんな彼女に皆、一目を置いていた。

「やば、剣道部の川田やん」

「武士女来たで」

「剣道部に誘われるぞ」

人とつるまないのに、剣道部への勧誘は熱心だという話を耳にしたこともある。

三人は行こうぜ、と逃げるように立ち去っていく。

武士女というのは、男子の中での彼女の通称だ。揶揄だけではなく、どこか尊敬の念も入っている。

僕はこの時まで、川田藤子という存在を嫌っていた。
何かされたわけではない。
彼女は孤高で、僕は孤独な存在。
僕とは正反対の位置にいる彼女を勝手に羨み、疎ましく思っていた。
そんな彼女は、僕の想像通り手を差し伸べる。
「鮎沢君、大丈夫？」
その手を取りたくなかった。
何より、こんな姿を見られたくなかった。
恥ずかしさと情けなさから、顔を上げることができない。
「同情とか、そういうのいらないから」
助けてもらったというのに、そんなことを言う。
自分の心の狭さに、また情けなさが募《つの》る。
きっと彼女はそのまま立ち去るだろう。
しかし、彼女は思いもよらないことを口にした。
「同情なんてしてないよ」
あまりに迷いなく即座に答えたので、僕は少し驚いた。
そっと視線を上げると、彼女はまっすぐにこちらを見ている。

彼女は一重瞼で黒目が大きい。まるで奥の奥まで見透かすような、ミステリアスな瞳をしている。

目を合わせていられず、すぐに顔を背ける。

「それじゃあ、『いじめを見過ごせない』っていう、川田さんの正義感？」

川田藤子は黙り込み、うーん、と小さく唸る。

僕の卑屈な質問に対して、真剣に考えているようだ。

ややあって、彼女は口を開く。

彼女は、いじめられてしまう人は、『特別な何か』を持っていると思うと話す。

普通の人たちは、『特別な何か』を持つ人を本能で感じ取り、それを『異端』と捉える気がすると。

ぽかんとしている僕に構うことなく、彼女は話を続ける。

『異端』を排除したくなる人って、どうしてもいるんだよね。きっと自分の本心に気付かないまま、いじめてしまってるんじゃないかな」

そこまで聞いて、理屈は分かる、と僕は心の中で同意する。

この世も体の中と同じ。

白血球が異物を排除しようとするように、人は異端を前にすると、追いやろうとしてしまう。

僕が異端だと彼女は言っている。それは分かる気がする。

だけど……。

「自分の本心って……?」

「『羨ましい』って気持ち。鮎沢君は他の人にはない、特別な雰囲気を持っているから、それに引っかかる人がいるんだと思うよ。で、私も同じ。鮎沢君の『特別な何か』を察知していてそれを護りたかった。だから理屈じゃなく助けたんだと思う。つまり君は特別な人ってことだよ」

そう言って彼女は、床に落ちている眼鏡を拾って、僕に差し出した。

この時の僕の気持ちは形容しがたい。

忌み子だった、生まれながらに不幸だった自分がだ。

特別な存在だと、彼女は言い切ったのだ。

手がぶるぶる震えるのを感じながら、眼鏡を受け取る。

彼女は、僕が一番欲しかった言葉をくれた。

それは自分すら気付かなかった、深海の奥底に隠れていたもの。

彼女はあっさりそれを見付けて、やすやすと差し出してくれた。

もちろん、ここで、自分が特別な存在だと信じるほど単純ではない。

けれど誰かに偽りなくそう言ってもらえたことが、嬉しくて胸が熱かった。

お礼を言う余裕もない。

気を抜いたら泣き崩れてしまいそうだ。

でもさ、と彼女は労わるように言う。

「理不尽なのには変わりないよね。特別なものを持っている人は自分の身は自分で守れるようにならないと。良かったら、鮎沢君、剣道部に入らない？」

まさかここで、この言葉が来るとは。本当に勧誘に熱心なようだ。

思わず、噴き出してしまう。

笑いと一緒に、堪えていた涙も滲み出た。

彼女は、考えといて、と手を振って、踵を返す。

きっと涙に気付いていただろう。

それには触れずに、立ち去っていく。

彼女が『武士女』と呼ばれるのも分かる。

その背中は、とても凛として美しかった。

それから、川田さんと僕の距離が一気に近くなった。

僕は家に帰りたくなかったので、いつも下校時間ギリギリまで図書室に残って読書をしている。彼女は彼女で部活動に勤《いそ》しんでいる。

ゆっくり帰り支度をし、玄関口に向かうと彼女と顔を合わせる。

一緒に帰ろうという言葉を交わし合うわけではなく、僕たちは共に校門を出る。

少しの距離を開けて並んで海沿いの道を歩いていると、川田さんが、あっ、と思い出したように僕を見た。

「そうだ。鮎沢君、剣道部のこと考えてくれた？」

平静を装っているも期待に満ちた目をしていて、その様子を前に頬が緩む。

ごめん、と僕は手をかざす。

「実は僕、ピアノをやってるんだ。手を怪我するわけにはいかないから」

こんなのは、断る理由にすぎない。本音は手に怪我してピアノを弾けなくなっても構わなかった。

そっか、と彼女は納得したようにうなずいている。

「残念だけど、それは仕方ないね」

「川田さんって、いつもクールなのに、部活動の勧誘には熱心だって話を聞いたことがあるけど、本当なんだね」

「熱心ってこともないけど。部員が増えたら嬉しいと思うし」

「仲間が欲しいってこと？」

「そういうのとは違う。剣道って魅力的だから多くの人に知ってもらいたいと思ってるだけ。でも、無理強いはするつもりないんだけどね」

「……剣道の魅力って？」

　きっと、体だけではなく自分の精神を鍛えられる。心身を整えられる、などと言うのだろう。

　だが彼女は拳《こぶし》を握り締めて、真顔で言った。

「すごくカッコいいし、スッキリする」

　予想外の言葉に、僕は思わず噴き出してしまう。

「え、何が可笑しいの？」

「川田さん、語彙《ごい》力……」

「たしかに。でも、それは言いっこなし」

　二人で肩を震わせて笑う。

　自分がこんなふうに笑っているのが不思議だった。

　本を読んで笑みがこぼれることはある。

　父が帰ってきて、久しぶりに親子三人で外食をした際、母が上機嫌で僕も合わせるように少し笑うことがある。

　だけど、こんな風に誰かと会話していて、それが楽しくて笑うなんて初めてのことかもしれない。

ぼんやりとそんなことを思っていると、川田さんは足を止めて海に目を向けた。

「見て、綺麗な夕陽」

海が鏡のように空を映し、空と海がつながっているようだ。

こんな景色は今まで何遍も、それこそ飽きるほどに見てきた。

川田さんは水平線に目を向けたまま、熱っぽくつぶやいた。

「すごいよねぇ」

「すごいって、なにが？」

「毎日ここを歩きながら空を見てるんだけど、同じ空だったことは一度もない。この空も二度と観られないと思うと奇跡的だなぁって」

そうか、と僕はうなずく。

「これまで同じ景色を観てきたつもりだったけど、そうじゃないんだよね」

当たり前のことに、ようやく気付けた。

どうしてなのか涙が出そうになって、それを誤魔化そうと、彼女に気付かれぬように僕は指先で目頭を押さえる。

あっ、と川田さんは思い出したように鞄に手を入れて、お菓子の箱を出す。

チョコがコーティングされたスティックタイプのプレッツェルだ。

「どうぞ」

箱の中の袋を開けて、僕に差し出す。

ありがとう、と僕は一本抜き取って、口に運んだ。

「だけど、どうして急にこのお菓子を？」

「海を見ながら、こういうのを食べるって、すごく『青春』ぽくない？」

真顔でそう返す彼女に、僕はまた笑いそうになる。

「あ、馬鹿なこと言ってると思ってる？」

ううん、と首を振って、あらためて僕は、空と海を眺める。

幾重ものグラデーションの上に雲が流れている。太陽は海に溶けて、海は空の景色をそのまま映していた。

こんなに美しいものがこの世にあるなんて、と本気で思う。

「たしかに、すごく青春っぽい」

川田さんが、この景色を気付かせてくれたのだ。


その夜、僕はノートに書き連ねていた、殺伐とした小説を終わらせた。

ラストはほとんど無理やりだったけれど、とにかく新しい話を早く書きたかった。

この世界はつらくて苦しくて色んなことがあるけれど、美しい景色は存在する。

僕の目に映った奇跡のような光景を文章にして残したいと思った。

川田さんは僕がいつもノートを手にしていて、図書室で何かを書いているのを知りながら、聞いて来ることはしなかった。

川田さんに出会ってから、僕の人生がガラリと変わった。

大袈裟な表現ではない。

元々、僕は彼女が苦手で、疎ましく思っていた。

それは後から思えば、羨望の裏返しだったのだろう。

彼女と親しくなったことで、素直に自分の奥底にあった本心——彼女に憧れているという想いを素直に受け止められた。

川田さんはいつも、真っすぐで嘘も嫌味もない。

いつもストレートな言葉で核心を突いてくる。

試験前、部活動が休みになると、僕と彼女は図書室で勉強をした。

彼女の成績は中の中で、少しでも勉強をさぼると、中の下に落ちてしまうという。得意なのは数学で、国語は苦手という。

僕は教科の中でも特に国語が得意だったので、彼女に教えることもあった。

「女子って、数学が苦手なイメージだった」

「多いよね。でも私には、数学って明快だけど、国語は曖昧な感じで」

「なんだか川田さんらしい」

「鮎沢君は国語が得意って言ってるけど、数学だって私以上にできるじゃない？　それなのにどうして私と成績、同じぐらいなの？」

「えっと……なんか、本番になると緊張しちゃって……」

「あー、そういうタイプなんだ。部員にもいる。結局、場慣れするしかないんだよね。もっと模試を受けるとかしてみたら？　あと……」

「あと？」

彼女は数学のプリントを出して、僕の前に出す。

「今から私がジーッと見詰めていてあげるから、その状態で問題解いてみて」

「やりにくっ」

「でしょう。だから訓練になる」

いいけど、と僕はシャープペンを手にしてプリントに目を落とす。

彼女はその間、僕を凝視していた。気恥ずかしさと緊張感。

だけど怖さはなくて、どちらかというと可笑しさの方が勝る。

僕は笑いを堪えながら、問題を解いていく。

「あ、そこ、そうやって解くんだ」

気が付くと、彼女は随分前のめりだ。

彼女にも見やすいように綺麗な字で書こうと、僕は丁寧に問題を解いた。

「全然できるじゃない。でも、緊張はしたでしょう?」

「うん、まぁ」

「試験の時も、私に凝視されてるよりマシだと思ってやればいいと思う」

彼女はマシと言ったけれど、実際の試験ではそれどころではなかった。

あの時のように川田さんにジッと見られているのを思い出すと、笑いそうになり、緊張が解《ほぐ》れたのだ。

そうすると本来の実力が出せるようになる。

成績が目に見えて上がってきた。

中学生にとって成績は、ヒエラルキーだ。

どんなにパッとしなくても、成績上位者となると周囲の見る目が変わってくる。

それでもこれまで自分を馬鹿にしてきた奴らは、そう簡単には態度を変えようとしない。

『武士女の腰巾着《こしぎんちゃく》』『川田に勉強を教えてもらったんやろ』

そんな声も、川田さんはあっさり否定する。

「違うよ。むしろ、私が教えてもらってる。鮎沢君、勉強教えるの上手だから、教えてもらうといいよ」

そんな素直な言葉に、皆はいつも拍子抜けする。

川田さんは、一見どこにでもいる普通の女子だ。

だけど特別な力を持っていた。

彼女の言葉は、人の心に届きやすい。

それは彼女自身がとても真っすぐだからなのかもしれない。

悪意の言葉も、彼女の素直な返しを受けると、何も言えなくなる。

いつしか僕たちが一緒にいることをからかう者はいなくなっていた。

それでも、僕が一部の男子に馬鹿にされているのは、変わらないままだった。

「どうして、僕はいつまでも舐められるんだろう。背が低いからかな」

いつもの帰り道、僕は彼女にぼやいたことがある。

その時、彼女はこう言った。

「身長は関係ない。けど、鮎沢君はもっと姿勢を良くした方がいいよ」

彼女の回答は、いつも明快で僕の心にも、スッと届く。

「そっか。いつも身を縮めている感じなら舐められるよね」

「そうそう。相手を油断させるためなら必要だけど、舐められたくないなら胸を張って、肩で風を切って歩かなきゃ」

川田さんは肩をぶんぶんと振って歩いた。

その姿が面白すぎて、僕はその場にしゃがみこんで笑う。

「それは笑いすぎじゃないかな」

ほんのり頬を赤らめて、すねたように言う彼女が可愛かった。

彼女に教えられたことは数えきれない。

母親への不満を口にした時の言葉も忘れられない。

「鮎沢君は優しいんだね」

耳を疑った。今の話でどうして優しいという言葉が出てくるのか。

「うーん、逆らって反抗するって、色んなものを壊して傷つけてしまう可能性を孕んでいるよね。どっちかというと親に怒られる云々よりも、すべてが壊れてしまうのが怖かったりするじゃない？　それなら自分が我慢しようってなっちゃう。それって、弱さじゃなく、優しさだと思うんだよね」

まただ。また、助けられた。

僕の中には、たくさんの傷付いた僕が膝を抱えて座っている。

川田さんはその一人一人に手を差し伸べて、その場所から連れ出してくれるのだ。

うっかりすると泣いてしまいそうになる。

それを誤魔化すように笑った。

彼女は、何が可笑しいんだろう？　という顔をしている。

僕がピアノを習っているという話をした際、彼女はクラスのピアノ係になれば良いのに、と勧めてきた。

僕は人前でピアノを弾くのが怖かった。

馬鹿にしたような視線にさらされながら、ピアノを弾ける気がしない。

「私も、鮎沢君のピアノ、聴いてみたいな」

この言葉に、僕の心はまた簡単に変わる。

他の人はどうでもいい。川田さんに僕のピアノを聴いてもらいたいという気持ちになる。

その後、僕たちは海岸に並んで座って、二人でラムネを飲んだ。

コツを教えたというのに、お約束のように泡を噴かせる彼女の姿が可笑しくて笑いが止まらない。

笑いすぎると、頬骨が痛くなる。

そんな些細なことも、僕は彼女に教えてもらった。

その後、僕は、クラスの『ピアノを弾く係』になった。

音楽教師は手放しで僕のピアノを褒めてくれたし、クラスの女子たちも『鮎沢君って実はすごいんだね』と囁《ささや》いていた。

いつも僕を馬鹿にする男子たちは、悔しがると言うよりも、戸惑ったような顔をしている。まるで知らない人間を見ているような目だった。

家の中も変わってきた。

成績が上がったことで、母親は上機嫌だ。

母が上機嫌だと、祖母も何があったのか気になるらしい。それが僕のこととなると、二人で一緒に喜んでいる。

合唱コンクールでは、わざわざ祖母と母が連れ立って来ていて、ピアノを弾く僕の姿を誇らしそうに見ていた。

自分の身長が伸びてきたのかもしれない、と思ったのは、川田さんと歩いている時だ。これまで、彼女との目線が同じくらいだったのに、少しだけ見下ろしている。

気付いてからが早かった。

僕の身長はぐんぐんと伸び、成長痛を感じるほどだ。

また、世界が変わる。

僕を馬鹿にする者はいなくなっていた。

女子たちの視線が変わっているのに気付いていた。明らかに声色を変えて、近付いてきた子もいる。

邪険にはしないけれど、これまで男子と一緒に嘲笑してきた女子の変貌ぶりにうんざりしていた。

そうして短い中学生活が終わった。

あんなにつらかった小学校の卒業式が嘘のように中学の卒業式は楽しく、晴れ晴れとした気持ちだった。

「鮎沢君が、地元の公立高校に進学するって、ちょっと意外だった」

卒業式の帰り道。川田さんは、今さらだけど、と付け加えてそう言う。

親を上手く誘導した話をすると、彼女は驚いたように言う。

「鮎沢君、なんだかしたたかになったねぇ」

「えっ、これ、全部、川田さんの教えだけど？」

いつも川田さんは言う。

誰かに何かを伝えるとき、嘘をつく必要はない。

たくさんの想いの中から、良いものだけを選んで伝えても良いのだと。

母はヒステリック、見栄っ張り、だけど、明るく溌溂《はつらつ》としているところもある。

ならば、その良い部分だけをピックアップする。

『そういえばクラスメイトの女の子が、お母さんのことをとっても明るくて綺麗な人だって言ってたよ』

そう言うと、不機嫌だった母が少し変わる。

母と祖母の関係も、自分が思う以上に簡単だったのだ。

たとえば、母はいつも祖母のことを、『いちいち細かなところまで、口出ししてきてうるさい。ほんとお嬢様育ちだから、私にはそういうのを求められるのは本当に無理』と言い、祖母は祖母で、『いぴったらさっさと出て行くと思ったのに、変な根性だけはある』と言っていた。

この二人の言葉を、僕は嘘をつかずに言葉の一部を切り取って伝えたのだ。

母には、『でも、お母さん。お祖母ちゃんは、お母さんのこと、「根性がある」って言ってたよ』と言い、祖母には『お母さん、自分は育ちが悪いから、お祖母ちゃんのように育ちが良い人の期待に応えられなくて苦しいってことを言ってたよ』と。

その時、二人は複雑な表情で反発をしていたけれど、互いに悪い気はしなかったのだろう。そうしたことを続けていくと、二人の間にあった刺々《とげとげ》しさが少しずつなくなっていた。

家庭での変化を伝えると、川田さんは感心したように首を縦に振る。

「思ったよりもしたたかに成長して……私が教えることは何もないよ。だけど意外って言ったのは学校もそうだけど、鮎沢君は早く親元を離れたいのかと思ってた」

「正直言うと、高校で家を出たい気持ちもあった。けど……」

ずっと、早く家を出たいと思っていた。

だけど今は、随分家の雰囲気も良くなっている。そうすると父も以前より帰ってくるようになってきた。

何より……。

少し前を歩いていた僕は振り返って、川田さんを見た。

「もう少し、川田さんと一緒にいたくて……」

この時間は、僕にとってかけがえのないものだ。

許されるなら、もう少しだけ、と思った。

川田さんの頬がみるみる赤くなっていく。

あ……しまった、と僕は瞬間的に思う。

もしかしたら、誤解されたかもしれない、と——。

同じ高校に進学した僕たちは、以前と変わらずに一緒に過ごしていた。

中学時代とまるで違うのは、女子からの評価だ。

廊下を歩いていると、『見て、鮎沢君だ』と振り返られる。

下駄箱に手紙が入っていることも少なくなく、校舎裏に呼び出されて告白されることもたびたびあった。

それらはすべて断った。

中学時代とは違い僕を馬鹿にしていた女子が掌を返したわけではない。

それでも、昔の僕なら見向きもしないだろうに、などとひねた考えをしてしまう。

何より僕は奥手だったのか、恋愛感情というものがよく分からなかった。

周囲の者たちは、僕には川田さんがいるから告白を断っているのだろう、と思っていたようだ。

その誤解は僕にとって都合が良かったので、あえて否定せずにいた。

「鮎沢君、最近、女子に告白されているって？」

川田さんにそう問われたのは、高校一年のある夏の帰り道だ。

いつものように海沿いの道を歩いていた僕たちは砂浜に降りて、足跡をつけて遊んでいた。

川田さんは、僕が付けた足跡の上を辿りながら、ぽつりと訊ねる。

「うん、まぁ」

「ＯＫとかしたの？」

振り返ると、川田さんは砂の上の足跡に目を落としていた。表情が分からない。

ううん、と僕は首を振った。

「なんだか美化されているみたいで困るよ」

口にして腑に落ちた。そうだ、なんだかモヤモヤしていたのは、美化されているように感じているからだ。

「好きな子とか、いる？」

「いやぁ、そういうのよく分からなくて……」

恋愛の話は、気恥ずかしくて苦手だ。

すぐに話題を変えたくて、前を向き歩き出そうとすると、川田さんが僕のシャツをつかんだ。

振り返ると、川田さんは目を瞑っていて、耳まで真っ赤になっている。

シャツをつかんでいる手が震えていた。

「私と、付き合ってくれないかな」

そこまで言って、覚悟を決めたように川田さんは顔を上げた。

まっすぐ目を開いて、僕を見詰めている。

僕は一瞬、頭が真っ白になった。

次に思ったのは、どうしよう、という焦り。

川田さんは、僕にとって特別な人だ。

一緒にいて、心地がよい。

これからも一緒にいたい人だ。

だけど——そこに恋焦がれるような感情はなかった。

長く一緒にいたから分かる。

彼女は、二人の関係に決着をつけるために、告白をしてきたのだろう。

もし、ここで僕が断ったら、もう一緒にはいられないのは明白だ。

それはとても嫌で、彼女を失うのが怖かった。

「——うん、いいよ。僕、川田さんのことは好きだし」

嘘じゃない。

僕は彼女が、彼女が大好きだ。

想いの一部を切り取って、本音を伝えただけだ。


そして僕たちの交際がスタートした。

彼女の告白を受けたあと、これまでの二人ではいられなくなるかもしれない、と僕は不安に思っていた。

だが、それは杞憂で、僕たちに特に変化はなかった。

以前と変わらず、一緒に登下校し、共に勉強をする。

恋人同士だと周知されることで、妙な勘繰りも告白されることもなくなり、以前よりも楽になったというのが、正直なところだ。

「鮎沢君は、編集者になりたいんだ。うん、向いてそう」

高校二年生になった頃、僕たちは海岸で進路について語り合っていた。

将来は出版社に就職して編集者になりたいという夢を、僕は正直に彼女に伝えた。

小説を書いているけれど、作家になりたいとは思っていなかった。

作家の仕事を調べていくうちに、執筆だけで生活できる作家は一握りという事実を知ったためだ。

「川田さんの将来の夢は？」

「建築デザインの仕事をしたいなぁ、と思ってて」

川田さんは少し気恥ずかしそうに言う。

「建物が好きだったんだ？」

「うん。明治とか大正時代の建物とか素敵だなって」

「たしかに、いいよね。僕も好きだなぁ。情緒があるし」

「だよね。一度、神戸の北野異人館とか行ってみたいんだよねぇ」

彼女は水平線を眺めながら、まるで異国に想いを馳せるように言う。

「それなら、今度の休みに一緒に行こうよ。僕も行ってみたい」

「えっ、神戸ってそんなに簡単に行けちゃうところ？」

田舎で生活を続けていると、ここが世界のすべてになってしまい、島を抜け出すのはとてもハードルの高いことのように感じてしまうのだろう。

僕は父に連れられて、神戸や大阪に行くことが多かったので、彼女よりも外の世界が身近だった。

とはいえ、一人で島を出たことはない。

「一人ならハードル高いけど、二人だし」

そう言うと川田さんは、本当に嬉しそうに笑う。

そうして僕たちは、朝早くに高松駅から高速バスに乗って、神戸に向かった。

高校生同士、お金はないから弁当を持参だ。

北野異人館は、神戸三宮から徒歩で辿り着く。

高台に建ち並ぶ瀟洒な洋館を見て、川田さんは興奮し通しだった。

目を輝かせて、あっちが素敵、こっちも素敵と言う。

彼女が熱心に建物を見ている間、僕はノートを開いて、見て感じたことを文章にしていった。

昼食は、海沿いの公園で食べることにした。

「すごい世界があるんだねぇ。夢の中に入ったみたいだった。本当に私、狭い世界に生きてきたんだなぁ」

「でも、川田さんのご両親って東京出身なんだよね？　東京に行ったりは？」

「東京にもう縁者はいないし、両親はすっかり四国の人間だから、東京に行ったこともなくて」

そうなんだ、と僕は相槌をうつ。

川田さんは食べ終えて、ランチボックスに蓋をしていた。

「それじゃあ、これからもいろいろと行ってみようよ」

僕の提案に、えっ、と川田さんは顔を上げる。

「神戸だけじゃなく、建物が素敵なところなら他にもあるよ。大阪の中之島とか京都にも異国情緒ある建物が結構あるし」

そう言うと、彼女はみるみる顔を明るくさせた。

「うん。行ってみたい。嬉しい」

彼女の笑顔がとても、きらきらしていて、僕の中に嬉しさが募る。

その時だ。感情が混み上がって、僕は彼女にキスをした。

彼女は驚いたように目を見開く。

驚いたのは、実は僕も同じだった。まさか自分から彼女にキスしたいと思い、実行するなんて思わなかった。

「あ、ごめん。断りもなく……」

「う、ううん」

川田さんは顔を真っ赤にさせて、首を振る。

気恥ずかしい想いを隠して、僕はバッグの中からプレッツェルの箱を出した。

「お菓子も持ってきたんだ。食べようか」

川田さんはぎこちなくうなずいて、プレッツェルを一本、手に取る。

「それにしても、その……青春が過ぎるね」

俯いたままそう言って、ぽりぽりとプレッツェルを食べる彼女の横顔を見て、僕はまた笑いそうになる。

笑わないで、と彼女は頰を膨らませていたけれど、僕は嬉しくて仕方がなかった。

良かった、と胸を撫でおろすような気持ちだった。

キスをしたくなったということは、僕はちゃんと彼女が好きなんだ。彼女に恋をしているんだ、と。

「ドキドキして、心臓が破裂しそうだよ……」

彼女のつぶやきに、僕の心臓が少しだけ嫌な音を立てた。

自分がした行為に驚いて鼓動が早くなったけれど、彼女の言うようなドキドキとは違っていたからだ。

その後、僕たちは、大阪や京都を見てまわった。

移動費を稼ぐのに、二人で短期のバイトも何度かした。

「私の趣味に付き合わせてごめんね？」

「ううん、僕も楽しいから」

そう言いながら、僕自身も目的があった。

彼女と色々なところを見てまわると、それが良い刺激となって、創作意欲が掻き立てられる。執筆が捗《はかど》った。

初めてキスをして以来、僕たちは何度か唇を重ねていた。

それで、分かったことがある。

僕が彼女にキスしたくなるのは、赤ちゃんや犬や猫といった愛らしいものに口付けしたくなる心境に近いもの。

やはり恋愛感情とは少し違う気がしていた。

僕が書いているのは、青春恋愛小説だ。

胸が苦しくて、切なくて、相手を苦しいほどに欲する——。

恋愛とはきっとそんな感じに違いない。そうした気持ちを抱けない僕は、恋愛に対しての憧れを文章にしていた。

そんな僕が、もっとも創作意欲を掻き立てられたのが京都だった。

それまでは和のイメージが強かったけれど、京都は意外と和洋折衷な町だ。情緒ある建物や町並み、自然も豊富だった。

川田さんも京都をとても気に入っていた。

「実は、京都の大学に進学したいと思っていて……」

進学先を京都にしたいと先に口にしたのは、彼女だった。

「あ、僕も同じことを思っていた」

僕がそう言うと、彼女は、うん、とうなずく。

「鮎沢君も京都にって考えてるのは、知ってたんだ。だから言いにくくて」

「どうして言いにくいの？」

「金魚の糞っぽいかなって。鮎沢君が一緒だったら心強いけど、それだけじゃなく、行きたい大学が見付かったからなんだけど……」

彼女は目をそらしながら、ごにょごにょと言う。

「一緒に京都に行けたらいいね」

僕が微笑んで言うと、彼女は顔を明るくさせた。

「う、うん、鮎沢君と同じ大学は無理そうだけど」

「川田さんの行きたい大学って？」

「京都の国立。国立じゃないと、地元を出してくれないだろうし」

「国立って、もしかして京大？」

そう問うと、川田さんは、まさか、と笑う。

「私には無理だよ。工学系の良い大学があって……まぁ、そこも京大ほどではないけど偏差値高いし、今の私にはハードルが高いんだけどね」

「そんなこと言わずに、がんばろうよ」

「うん。もちろん、がんばろうと思ってる」

「でも、そっか。そんな大学もあるんだ。それじゃあ、僕も川田さんが志望する大学に行こうかな」

「それは、絶対にダメ。許さない」

「許さないって、どうして？」

「だって、鮎沢君は、出版社に就職するのが夢だって言ってたでしょう？　ちゃんとその道を目指さないと」

彼女が本気の時は、しっかりと目を合わせて言う。

「川田さんは、昔から変わらないなぁ」

「えっ？」

「そういうところが、すごく好き」

そう言うと、川田さんはすぐに真っ赤になる。

可愛い、と心から思い、キスをする。

僕たちはこうして、よく唇を重ねたし、手をつないで歩いた。

二人でいる時は並んで座って、互いに寄り添う。

だけど、それ以上は先へと進まなかったし、進めたいとは思わなかった。

その後、僕たちは、互いに京都の志望大学に進学した。

川田さんは本当に勉強をがんばったと思う。本人が言っていたように、彼女の志望していた大学は、なかなかの偏差値だ。

こうと決めたら、まっすぐに進む力のある人なんだ、と感心させられた。

僕たちは別々の大学で、僕はワンルームマンション、彼女は寮生活となった。

ずっと一緒だった僕たちがはじめて離ればなれになってしまったけれど、京都市内はそう広くはない。会うのは簡単だった。

僕が恋愛感情を抱いたのは、大学に進学してからだ。

十八歳になって初めて、『これが恋なんだ』と実感したのだから、もともとが奥手だったのだろう。

相手は、うんと年上の既婚者。

『好きになってはいけない人』だった。

切なくて、恋しくて、苦しいほどに相手を欲する。

これまで小説に書いてきた感情を、ようやく実感することができた。

川田さんは、そんな僕の変化に気付いていたようだ。

どこか不安な様子を見せることが多くなった。

本当に好きな人ができたというのに、僕は川田さんを失いたくなかった。

好きな人を想うように、川田さんに恋焦がれることができたら良いのに……。

もしかしたら、川田さんと深い仲になったら、好きな人を忘れることができるかもしれない。

川田さんとの仲を進めたのは、そんな想いからだった。僕は、部屋に遊びに来ていた川田さんの肩を抱き寄せて、唇を合わせ、「いい？」と訊ねた。

彼女は僕の額に額を当てて、こくりと頷く。

そうして、僕たちは初めて抱き合った。

彼女との行為の間、好きな人のことばかり考えてしまっていた。

最低なことだ。それでも、そうしないと、この行為は途中で終わってしまう。それは、さらに彼女を傷付けるだろう。

好きな人を忘れられるかもしれないと思い、及んだ初めての行為。

終わった後は虚《むな》しさしかなく、最低だと、自分を責める声が止まらなかった。

肌を合わせることを『深い仲になる』と言うけれど、僕たちにとってそれは違っていた。

抱き合ってからの方が、距離ができてしまった。

互いに相手をしっかり見ることから逃げるようになった気がする。

以前のように話せなくなり、以前のように寄り添うことができず、以前のように唇を重ねることができなくなった。

その後、川田さんと肌を合わせたのは、数えるほどしかない。

そのたびに罪悪感で苦しくなり、僕たちの間の溝が深くなる一方だった。


大学生活はアッという間で、就職活動が始まっていた。

川田さんは希望していた工務店の内定をすんなり勝ち取り、僕はというと惨敗だった。

出版社に勤めて、本を作る仕事をしたかったけれど、倍率が高すぎた。

どうしようもなくなり、父のコネで神戸の証券会社の内定をもらった。

自分が情けなくなりながらもらった証券会社での仕事は、自分に合うものではなかった。それは就職する前から分かっていたことだ。

毎朝、最悪な気分で出社する。

それでも救いはあった。職場に好きな人ができたのだ。

またも年上の既婚者。

僕の好みは、随分と限定されているのを実感した。

その人が目に入るだけで、ドキドキと胸が高鳴る。

深い仲になりたい、と妄想をしてしまっていた。

それにしても、どうして好きになってはいけない人ばかり、好きになるのか。

この恋も成就しないし、させてはいけないもの。

それでも、もう川田さんとの関係は、続けられないと思った。

これ以上は、彼女に申し訳ない。


久しぶりに川田さんを食事に誘った。

祇園でフレンチを食べたあと、鴨川の河川敷《かせんじき》を二人で歩く。

秋が深まった、だいぶ肌寒い夜だった。

「今年の年末は、鮎沢君は実家に帰るの？」

「うん、そのつもり。今、父も入院してるし、顔を見せないとと思ってて」

「うちの父も健診であれこれ引っかかってるみたい。親も年だよね」

「それだけ僕たちが大人になったたってことなんだろうね」

「本当に」

久々に会った川田さんは、相変わらずで……。

やはり彼女といると心地よさを感じた。

「川田さんは帰るの？」

「たぶん。まぁ、今年の春にも帰ったんだけどね」

「あ、そういえば、帰ってたよね。何かあったの？」

四月の半ばに、実家に帰るという話を聞いていた。

「それがね、職場で『藤子さんって、なかなか渋い名前だけど由来ってあるの？』って聞かれたの。で、私もそういえば、なんで藤子なんだろうと思って、親に電話をかけて聞いてみることにしたんだけど」

「えっ、今まで知らなかったんだ？」

うん、と彼女はあっさりうなずく。

「聞いたらね、私を妊娠している時に、徳島にある『地福寺』の藤まつりに行って、藤の花を見て感動したんだって。それで「藤子」にしたたって」

「それで、藤子だったたんだ」

「ちゃんと理由があってびっくりして」

「いや、それまで聞こうとしなかった川田さんにもびっくり」

「えっ、それじゃあ、鮎沢君、自分の名前の由来とか知ってる？」

そう問われて、僕は口をつぐむ。

自分の名前の由来は、知っていた。だけど、それを言うと暗い話になるだろうし、今は口にしたくはなかった。

「……思えば知らないかも」

「でしょう？　意外とそんなものだよ。でも、そんなことを聞いたら、「地福寺」の藤まつりが気になって、見に行ってみることにしたの」

「そうだったんだ」

誘ってくれれば良かったのに、と言いかけてやめた。

彼女はきっと僕が忙しくしているのを知っていて、遠慮したのだろう。

「藤まつり、どうだった？」

「綺麗だったよ。あんなにたくさんの藤の花を見るのは初めてで感動した」

一緒に行きたかったとは思うけれど、今言うべきではない。

「思わず、藤の花ことばを調べたくらい。花ことばを調べるなんて、そんなの生まれて初めてで」

「僕だって調べたことあるのに」

「鮎沢君はほら、芸術家っぽいところがあるから」

「えっ、僕が芸術家？」

「うん、今思えば、最初に会った時からそう感じてた」

川田さんは、いたずらっぽく笑って、軽い足取りで歩く。

川田さんと話していると、とても楽しい。

些細なことで、いつの間にか笑っている。

だから、手放せなかったんだな、と彼女の横顔を見ながら、あらためて思う。

もうここで、彼女を解放しなければならないのだ。

僕は足を止めて、彼女を見た。

どうしたの？　という様子で川田さんは振り返る。

「今日は、大事な話があって、君を誘ったんだ」

彼女は何も言わずに、僕の言葉に耳を傾ける。

目をそらさずに、まっすぐに見ていた。

最近の川田さんは、僕の目を見ないようになっていた。

その瞳は、かつての彼女に戻ったようで、胸に熱いものが込み上げる。

失いたくない、と瞬間的に思う。

だけど、それはもう無理だろう。

「ごめんね、川田さん。僕、好きな人が、いるんだ……」

打ち明けながら目に涙が浮かび、手が震えてきた。

彼女は少しも驚いた様子はなく、ただ微かに目を細める。

もしかしたら僕の気持ちに気付いていたのかもしれない。

川田さんは、ふっと表情を緩ませて、口を開く。

「今まで、ごめんね」

どうして彼女が謝るのか。

涙が零《こぼ》れ落ちそうになって、顔を背ける。

川田さんはそっと手を伸ばして、僕の手を握った。

「ひとつだけ、私の頼みをきいてくれる……?」

その時、川田さんが口にした頼みは、僕にとって意外なものだった。

彼女がそんなことを言うとは思わなかった。

同時に、自分がどれだけ、彼女を満たせていなかったかも痛感する。

「……できないよ。だって……」

「もう、その人とお付き合いしているから?」

ううん、と僕は首を振る。

「僕はきっと、好きな人を想ってしまうから……」

他の人を想いながら、行為に及んでしまう。
そのことを遠回しに伝えるも、彼女は小さく笑って、僕の胸に額を当てた。
「うん。それでもいいんだ。最後のわがまま、聞いてほしい」
思えば、川田さんから、わがままを言われた覚えはない。
最初で最後のわがままになるのだろう。
僕はうなずいて、彼女を優しく抱き締める。
こうして、僕たちの交際は終わった。

＊

川田さんと別れた後、僕は初めて恋愛を成就させることができた。
会社で好きになった人ではない。
ネットで知り合った年上の人と会い、恋をして、交際に至ったのだ。
最初は、有頂天だった。
初めて、好きな人と交際できた喜びに震えた。
だけど、それは本当に最初だけ。
ある程度一緒にいたら、すぐに嫌になってしまう。

居心地も良くなく、心が落ち着かない。すぐに一人になりたくなる。

そのたびに、川田さんに会いたいな、と思う自分がいた。

誰かと別れると、僕はいつも徹底的に部屋の掃除をする。

棚の上には、大学ノートが積み重なっている。

それはこれまで書き続けた小説で、ノートは百冊を超えていた。

特に大学生になってから、執筆速度が加速していた。川田さんと一緒にいる時の心地よさと、好きな人を想う切ない恋愛感情をミックスさせて書いていた。

心の内をさらけ出すような、青春恋愛小説だ。

思えば彼女と別れてから、書かなくなってしまった。

僕は、アルバムでも眺めるような気持ちで、自分の書いた小説を読み耽《ふけ》った。

拙《つたな》く、粗い。だけど、瑞々《みずみず》しく、美しかった。

読んでいるうちに、この小説を今の自分の手でしっかり書き直したい、という思いが込み上げてきた。

仕事のストレスもあったのだろう。現実から逃避するように、推敲《すいこう》を重ね、新しく生まれ変わった小説は、自分でも満足のいく仕上がりだった。

滅多に自信を持てない自分だったけれど、この小説だけは別だった。

いけるかもしれない、と思い、文学新人賞に応募をすることに決めた。

筆名を考える際、浮かんだのは川田さんの姿だ。

僕の書いてきた小説はすべて、川田さんのおかげで書けたもの。彼女の名前を一字もらおうと思った。

川田藤子、と紙に書く。

ふと、彼女が『藤』の花ことばを初めて調べたと話していたのを思い出し、パソコンのキーボードに手を伸ばす。

検索すると藤の花ことばは、すぐに出てきた。

『優しさ』『歓迎』『決して離れない』『恋に酔う』

まるで、僕たちの過ごした時間のようだ。

彼女の優しさに触れ、彼女の言葉を歓迎して、決して離れたくないと思い、恋に酔って、その手を離した。

花ことばを見て筆名の一字に『藤』をもらおう、と僕は決めた。

となれば、藤沢渉だろうか。いや、もう少し捻りがほしい、と僕はさらに藤の花について調べると、二季草という別名があるのを知り、そのまま採用した。

もし、小説家としてデビューできれば、父のコネで入社したこの会社を辞める大義名分になるだろう。

そんな上手くはいかないだろうけど、と僕は肩をすくめる。

自信作ではあったけれど、大きく期待するわけでもなく応募した。

結果、作品は受賞し、映像化されベストセラー。

僕は作家として、華々しいデビューを飾り、大手を振って会社を辞めて、専業作家となった。

文学賞を受賞した作家は、二作目に苦しむという。

だが、僕の場合、二作目、三作目にも困ることがなかった。

これまで自分が書いてきた小説は山のようにある。

その中から良さそうなのをピックアップして、推敲し、原稿として整える。

二季草渉の作品は、過去の自分と今の自分がタッグを組むことで、世に出て行った。

作家としての生活が軌道に乗り、僕は上京を決めた。

東京という大都会に出たことで出会いもあり、それなりに恋愛もした。

だけど恋愛感情は本当に一時のもの。性欲が満たされれば、途端に一人になりたくなる。

だからといって一人が好きなわけではない。孤独は寂しくて、苦しいのだ。

一度、交際している人に言われたことがあった。

『あなたって、あんまり笑わない人だよね』と——。

その言葉を聞いて、初めて気が付いた。

僕は、川田さんと別れてから、笑うことがほとんどなくなっていた。

プライベートでは、あまり上手くいかなかったけれど、仕事は順調だった。

僕の本は好評で、ドラマや映画とメディアミックスされていく。

人は僕を成功者と呼んで、持て囃《はや》した。

それでも、心が満たされはしなかった。

まだ若い頃は、一時の恋愛感情や物欲で寂しさを誤魔化すことができたけれど、歳を重ねていくごとに、孤独の辛《つら》さが骨の髄《ずい》にまで染みいるようだった。

やがて、仕事にも暗雲が忍び寄ってきた。

山ほどあると思っていた作品のストックも年月と共になくなってきたのだ。

作品を書けなくなっては、自分は作家でいられなくなる。

なかなか自信を持てず、すぐに自己を見失ってしまう僕にとって作家であるというのは、大きなアイデンティティだった。

それならば、新たに書けばいい。

そう思いペンを取るも、何も浮かばない。

僕は長年、学生時代に書いてきた小説を推敲してきただけだ。

今の自分に、新しいものを生み出す力はなかった。

だが、過去に刊行した作品たちには、今も輝きと勢いがあった。

新たに映画化が決まり、少しは寿命が延びたかと、僕は安堵する。

たまたま行った映画のオーディションで、川田沙月を見た時は、本当に驚いた。

彼女は僕に——いや、僕の母によく似ていたのだ。

住所と年齢を確認して、やはり、と思う。

川田さんは、もしかしたら僕の子どもを産んでくれたのかもしれない。

もし、そうならば僕はもう一度、川田さんと一緒にいられるのかもしれない。

娘の父親として、できなかったことをしてあげられるかもしれない。

——僕に、家族ができるかもしれない。

そう思うと、気持ちが高揚した。

仕事が落ち着き、九月になったばかりの頃。

僕はいてもたってもいられずに車を飛ばしていた。

彼女の都合など考えずに、久しぶりに訪れた四国の地。期待と不安を抱きながら、僕は彼女の許を訪れた。

けれど——、結果は残念なものだった。

父親は他にいると、彼女は言い切った。

川田さんは僕に嘘をつくとき、ほんの少し目をそらす。

だけど、少しも目をそらさずに、僕の子ではないと告げた。

真実を突き付けられ、僕はすごすごと彼女の家を後にした。

海沿いの道を一人で歩く。

あの頃の自分たちに思いを馳せながら空を仰ぐ。

家族を持てるかと、淡い期待を抱いて、ここまでやってきたのだ。

短い夢を見たな、と苦い気持ちで砂を踏みしめる。


それからの十年は、地獄のようだった。

ついに、学生の頃に書き続けた小説のストックが底を付いたのだ。

もう今の自分が書くしかない。

あの頃の作品を超えるものをと意気込むあまり、なかなか筆が進まず、時間だけが過ぎていく。

ようやく書き上がった作品を前に、編集者は渋い顔をしながらこう言った。

『大丈夫です。二季草先生の作品なら売れますから』

そうして出版した作品は、『二季草渉・待望の新作、遂に発売！』と、大きな話題を呼んだ。ニュースにも取り上げられ、長く新作を心待ちにしていた読者は、書店の前に行列を作っていた。

だが、発売後の世間の評価は散々だった。

『いきなりの駄作に驚愕』『才能の枯渇《こかつ》』『二季草渉はもう書くべきではない』

そんな世間の声に頭を抱える日々。

『二季草先生、次は焦らず、納得いくものをじっくり書きましょう』

編集者はそう言ったが、自分はもう書ける気がしない。

不安に苛まれ、食事は喉を通らない。

常に寒さを感じていて、気を抜くと泣き出しそうになる。

寂しい、誰かに側にいてほしい。だけど誰でも良いわけではない。

何日も満足に眠ることもできず、マンションを出て、夜の街をふらふらと歩きまわっていた。

都会の夜空は、星がほとんど見えない。

顔を上げると、ぽつぽつと額に小さな水滴が当たる。

やがてそれは小雨となって、僕の体に降り注いだ。

ぼんやりと歩道を歩いていると、横断歩道が目に入る。

もう帰りたい。

赤信号なのは見えていたというのに、何も考えられずにそのまま渡る。
激しいクラクション音に気付いて、横を向くと、車が自分に向かって迫っていた。
ぼんやりした頭でこう思う。
ああ、もうこれで、楽になれると――。

*

気が付くと、僕は霧の中を歩いていた。
よく見ると、故郷の海岸であることが分かる。
今も小雨が降っているけれど、体は濡れていない。
不思議な気持ちで歩いていると、霧の向こう側から外国人がやってくるのが見えた。
白銀の長い髪が風に流れている。
彼なのか彼女なのか分からないけれど、とても美しい人だ。
その人はこちらを見て、にこりと少し寂しげに微笑む。
僕は躊躇いながら会釈をした。
「私は今とても悲しくて」
突然そんなことを言う。

なんのことだろう、と首を傾げていると、僕の本をかざして見せた。

「これが、あなたの最後の作品になってしまった」

僕は、本の表紙を見て苦笑する。

「その本は駄目ですよ。駄作だって散々言われたんです」

「あなた自身は、駄作だと思ったんですか？」

「……自分なりにがんばったのですが、過去作のようにはいきませんでした」

俯いて言うと、その人は何も言わずに微笑んで、砂浜に腰を下ろす。

僕もつられたのか、ごく自然の流れのように、その美しい人の隣に腰を下ろした。

するとその人はどこからかプレッツェルの箱を出して、僕の前に出した。

「良かったら、どうぞ。『雨のプレッツェル』です」

懐かしいな、と頬が緩む。

ありがとう、と一本抜き取った。深い蒼色のチョコレートだ。細かな雨粒のようにコーティングされていた。

口に運ぶと、あの頃の味がして、目頭が熱くなった。

その人は、愛しそうに僕の本に掌を当てた。

「あなたのこの作品、わたしは好きですよ。あなたが必死に書いたのが伝わってきて、愛しかったです」

僕は何も言わずに、その人を見た。

「たしかに、過去作を意識しすぎたのは良くなかったとは思います。だって今のあなたと過去のあなたは別ものですから」

「たしかに別ものです。小説家だったのは今の僕ではなく、過去の僕です。今の僕は、昔の自分の編集者だった。僕の作家としての才能はとうに枯渇しているんですよ」

そう言うとその人は、ふふっと笑う。

「ですが、あなたは編集者をやめて再び作家に戻ろうとした。この作品は新生・二季草渉の第一作だった。誰だって一作目はそう上手くは書けません。すべてはこれからではないですか」

その言葉を聞きながら、これからって、と僕は自嘲気味に笑って、空を仰いだ。

降り注ぐ雨が見えているのに、顔も体も濡れはしない。不思議な状態だった。

ああ、ここは彼岸なんだな、とぼんやり理解する。

同時に、自分に迫ってきた車の姿を思い出した。

「僕の運命は、もう終わったはずです……」

「いいえ、あなたの命はまだつながっていますよ。それに運命というのは生まれ落ちた境遇のこと。先の未来は、あなたが選択して決めるんですよ」

僕は戸惑いながら、横を向く。

そもそも、とその人は続けた。

「才能なんて枯渇するものではないんですよ。井戸水と一緒で涸れたように見えていても、呼び水を入れてポンプを押していたら溢れてくるものなんです」

「そうでしょうか？」

ええ、とその人は目を弓なりに細めた。

「それには自分にとっての呼び水を知らなくてはなりませんけどね。あなたにとっての呼び水はなんでしたか？　心に問いかけてみてください」

その質問に、僕は、ふっ、と笑う。考えるまでもない。

僕にとっての呼び水は、彼女だ。それがたとえ、思い込みだとしても。

「分かっているようですね。それでしたら、大丈夫ですよ」

ぽんっ、とその人は僕の背中に手を当てる。

どこからか美しい歌声が聞こえてきた。

降っていた雨がやみ、雲の切れ間から天使のはしごが差し始める。

虹が綺麗な弧《こ》を描き、空と海の境目が、眩しく光っていた。

あの日のスクリーン

＊

夏の暑さがようやく少し落ち着いた九月上旬。

その日はたまたま仕事が早く終わり、私は軽い足取りで家へと向かっていた。

「あら、藤子さん」

途中、近所に住む友人が、私を見付けて駆け寄ってくる。

「康江さん」

彼女は、近所に住む友人だ。何度かパート先で一緒になり親しくなった。

「聞いたよ、沙月ちゃん。オーディションに合格して、映画に出るって」

娘の沙月はこの夏休み、映画のオーディションを受けるため一人で上京していた。

「合格というわけじゃなくて、たまたま役をもらえたって感じなだけで……」

「なんにしろすごいわよ。映画だなんて、藤子さんも鼻高々ね」

康江さんは興奮気味に言って、私の背中を叩く。

彼女は昔からミーハーなのだ。

「……うん。映画に出られるってすごいことだって思う。でも私は何より沙月が一人で決めて、行動に移せたことが嬉しいかな」

娘は自分の足で人生という道を歩き出したのだ。

親が道を作ることも、手を取って導くこともなく、自分の心に従って、自分の道を見つけ出した。

それが誇らしくて、胸が熱い。

康江さんにとっては私の反応は拍子抜けだったようだ。

「まったく、藤子さんは相変わらずなんだから」

やれやれ、と肩をすくめ、「あ、そうだ」と何かを思い出したように肩から下げている保冷バッグの中に手を入れた。

「今、これを配ってたの。夏祭りの景品の残りだから、沙月ちゃんの分」

彼女は今年の夏まつりの実行委員を務めていた。保冷バッグの中から、ラムネの瓶を取り出した。

よく冷えていて水滴が浮かんでいるラムネの瓶を見下ろして、懐かしい、と私は頬を緩ませる。

「でも、沙月は飲まないと思う。糖分とかを気にしてて」

「それじゃあ、藤子さんが飲みなよ。夏まつりたくさん手伝ってくれたんだし」

「ありがとう。もらっておく」

「ところで沙月ちゃんは？」

「まだ学校。帰りはジョギングするし、遅いと思うよ」

「糖分を気にしたり、運動したり女優さんは大変だね」

「また、そんな気の早いことを……」

「あのストイックさはもう立派な女優さんだよ。そういえば、さっき品川ナンバーの外車が走ってるのを見掛けたの。もしかして、沙月ちゃんの関係者だったりして？　お迎えの車とか」

そんなわけないでしょう、と私は噴き出す。

そっか残念、と康江さんは肩をすくめる。

「それじゃあ、また。沙月ちゃんによろしく」

康江さんは手を振って、歩き出す。

私も手を振り返し、家の鍵を開けて玄関に足を踏み入れた。

話し声を聞きつけたのか玄関には、愛猫のシロミがちょこんと座っていて、まるで、お帰り、というように、ミャア、と声を上げる。

「シロミ、ただいま～」

私は荷物を玄関に置いて、シロミに抱き着く。

シロミは、そういうのはちょっと、と目を細めて、すぐに逃げていく。

「相変わらず、つれない」

でもそんなところも可愛い、とシロミの後を追って居間に入った時だ。

じりりん、と家の固定電話が鳴った。

今は母が入院しているので、時々、病院から電話が入ることがある。

そのため、過剰に驚いてしまう。

「あ、はいはい」

私は慌てながら受話器を取る。

「はい、川田です」

そう言うと、相手がスッと息を呑んだのが分かった。

数秒間、無言であり、電話はそのままぷつんと切れた。

「……かけ間違いなら、そう言えばいいのに」

眉を顰めて、受話器を置く。

さて、夕食は何にしようか。最近、沙月は食べ物にも気遣うようになったので、こちらも配慮するようになった。

立派な女優さん、と言った康江さんの言葉を思い出し、微かに肩をすくめる。

沙月がオーディションを受けに行きたい、と言ってきたときは驚いた。

さらに驚いたのは、それが『二季草渉』の小説を映画化するものだと聞いた時だ。

心臓がばくばくして何も言えず、顔が強張ったのが自分でも分かった。

そんな私を見て、沙月は萎縮していた。

きっと反対されると思ったのだろう。

『……やるって決めたなら、がんばってきなさい』

そう言うのが精いっぱいだった。

ふと、本棚に目を向ける。

二季草渉の単行本を手に取って、ぱらぱらとめくり、目を細めた。

「こんなことって、あるんだな」

ふぅ、と息をついていると、ごとん、と玄関の方で音がした。

シロミがいたずらしているのだろうか？

玄関を覗くと、そこに置き去りにしていた荷物があった。スーパーの袋の中からネギが飛び出している。

「あ、置きっぱなしだった」

スーパーの袋に手を伸ばしかけた時だ。

ピンポーン、とインターホンが鳴った。

はーい、と返事をして躊躇もせずにドアノブに手をかけた。

扉を開いて、私は絶句した。

「……川田さん、久しぶり」

ぎこちなく会釈する鮎沢君の姿があった。

「鮎沢君――」

もうお互い四十代。すっかり、おじさんとおばさんだ。

それなのに、あの頃と変わらず『川田さん』『鮎沢君』と互いに呼び合っているのが奇妙な気分だった。

戸惑いながらも、あらためて彼を見る。

当然、肌に年齢を重ねた片鱗を残してはいるが、変わっていないと感じさせる。

言いにくいことを訊ねる時のおずおずとした様子、そらしがちな目、少し震えている手……。

思わず笑ってしまいそうなほどに、私の知っている鮎沢君のままで、動揺が落ち着いてきた。

私は胸に手を当てて、気付かれぬように深呼吸をする。

「どうぞ、立ち話もなんだし、入って」

彼は、お邪魔します、と会釈して、玄関に足を踏み入れる。

居間のソファーを勧めて、私はキッチンへと向かう。

コーヒーを淹れながら、さらに心が冷静になっていく。

康江さんの言っていた品川ナンバーの外車は、きっと鮎沢君のものだろう。

だとするなら、さっき鳴った家電も鮎沢君かもしれない。

おそらく一度この家を訪ねていて誰もいなかったから、帰りを待っていたに違いない。電話を掛けて、在宅を確認し、やってきた。

そうまでして鮎沢君が突然、私の許を訪ねてきた理由など明白だ。

私は気を引き締めようと、キュッと唇を結んだ。コーヒーが入ったカップをお盆に載せて、居間に戻る。

どうぞ、とカップを置くや否や、彼はぽつりと口を開いた。

「……オーディション、驚いた。娘さん」

あ、うん、と私は微笑む。

「よく私の娘だって分かったね。川田なんて苗字、世の中にはいっぱいあるのに」

「京都出身って書いてるのに、履歴書の住所が四国で『どういうことだ』って言い出した関係者がいて、その住所を見て」

「そっか、そんなことが……」

「その前から、沙月ちゃんを見て、『あれ？』とは思っていて」

「あれって？」

しらばっくれて、私は訊き返す。

あのさ、と鮎沢君は拳を握り、

「もしかして、あの子は……僕の子ども、じゃないのかな?」

意を決したように訊ねた。

ここで、目をそらしてはいけない、と私は自分に言い聞かせる。

そうしたら、嘘だと思われる。

しっかりと目を合わせたまま、私は言わなくてはならない。

「突然来て、バカなこと言わないで」

もう何を言い出すんやら、と私は肩をすくめる。

「……あなたと別れた後に、私はすぐに他の人と付き合ったの。ちょっとあなたに似てたかな。沙月はその人との子だから。その人とも結局上手くいかなくて……」

私には男運がないのかも、などと笑いながら続ける。

その間は、彼の表情はよく分からなかった。私は鮎沢君の方をちゃんと見ていたけれど、彼は俯きがちに目を伏せていたからだ。

しばらく黙り込んでいた鮎沢君だったけれど、ややあってそっと口を開いた。

「そっか、変な勘違いしてごめんね。まさか君の娘さんに会えるなんて思わなかったから、驚いたよ」

そんな、と私は手と首を振る。

「こっちこそ気を揉ませてごめんなさいね。あっ、もしかしてあの子が役をもらえたのって、あなたの計らいだったり？」

「ううん、そんなことは……」

鮎沢君は肩をびくっとさせて、ムキになったように首を振る。

彼は相変わらず、嘘があまり上手ではない。

きっと沙月が役をもらったのは、鮎沢君の計らいなのだろう。

「ねっ、鮎沢君は今、東京に住んでるの？」

「ああ、うん。そうだよ。作家なんてどこでも仕事できるんだけど、僕には東京の方が生きやすいかもしれないと思って……」

「お母さんは元気？　もう香川にはいないんだよね？」

「うん、父が亡くなった後、母は再婚して東京にいるよ。あの家も売ってしまったし、もうここに帰る場所はなくなっちゃって」

「それじゃあ、今回、沙月のことを確かめるためだけに来てくれたの？　なんだか、ごめんね？」

「いやいや、久しぶりにここに来られて、川田さんの顔を見られて嬉しかったし」

「すっかりおばさんになっていて、なんだか恥ずかしいけど」

「変わらないよ、全然」

「よく言う」

そんな他愛もない話をし、ややあって、それじゃあ、と鮎沢君は腰を上げた。
「うん、それじゃあ」
私も同じように言って、玄関まで見送る。
それじゃあ、また、とは言わない。
私たちはきっと二度と会わないだろうから。
扉が閉じられて、鮎沢君の背中が見えなくなった。
私はその場にしゃがみ込んだ。
「……よくやったよ。私も女優になれるかも……」
小声で洩らして、ふふっと笑う。
笑いながら、涙が溢れ出る。
その場に蹲って声を殺して泣いていると、にゃあ、と背後でシロミが声を上げた。
振り返ると、シロミの前にラムネの瓶が倒れている。
さっき、ごとんと音がしたのは、この瓶が倒れた音だったようだ。
二人でラムネを飲んだ日が鮮やかに蘇る。
「…………」
私はそっと手を伸ばして、ラムネの瓶を手に取った。
——行って。

と、心の中で声がする。

沙月のことを話さなくたっていい。けど、もう少し、あの頃の話をしても良かったんじゃないか。

何より、伝えたい言葉があったはず。

それを今伝えなければ、一生彼に届かない。

――走って！

内側で自分を掻き立てるような声が響き、私はラムネの瓶を強く握って、玄関の扉を開け、駆け出した。

辺りを見回しても彼の姿は見えない。

もう車に乗って行ってしまったのだろうか？

走って海沿いの道に出ると、品川ナンバーの少し洒落た英国の車が停まっているのが目に入った。

きっと鮎沢君の車だ。車内に人の姿はなかった。

私は手庇《てびさし》を作って、目を凝らす。

鮎沢君は砂浜にいた。

散歩しながら、海を眺めている。

私はラムネの瓶をポケットに入れて、彼を追い掛けた。

足に砂がまとわりつき、うまく走れない。

早く彼の許に辿り着きたいのに。

もどかしさを感じながら、力一杯声を張り上げた。

「鮎沢君っ！」

彼は驚いた様子で、振り返った。

「川田さん……」

私は彼を前に立ち、息を切らしながら視線を合わせる。

「ちゃんと……伝えたいことがあって」

なんだろう、と彼は戸惑った目で私を見詰め返す。

「私は、鮎沢君が私のことを好きじゃなかったのに気付いていたんだ……だから、ずっと申し訳なく思っていた。私との長い交際期間、鮎沢君にとってはきっとしんどい時間だったと思う。だけど、私にとっては本当に幸せで……」

彼に別れを告げられた時、私は『今まで、ごめんね』と謝った。

そうじゃない。

伝えたい言葉は、それじゃなかった。

「ありがとう！」

私は声を張り上げて言う。

鮎沢君は驚いたように、大きく目を見開いた。

「幸せな時間をたくさんありがとう。私は、あなたにたくさん宝物をもらったよ」

私はずっとこの言葉を彼に伝えたかったんだ。

嬉しくて目頭が熱い。

だけど顔には自然に笑みが浮かんでいた。

「川田さん……」

しばし鮎沢君は、呆然と立ち尽くしていたけれど、みるみる顔を歪ませていく。

「違う、お礼を言うのは僕の方で……君のおかげで、僕は変わった。君が僕の人生に光を当ててくれたんだ」

そんな、と私は身を縮める。

「本当にそうなんだ。僕は君に会うまで、地獄のようなところにいた」

「……鮎沢君」

「川田さん、君は僕にとって、たった一人の大切な女性で……」

彼は苦しそうに目を瞑る。

「だけど、君のことを好きになれない自分が、腹立たしくて……」

彼の手が小刻みに震えている。

私は何も言わず、両手で彼の手を包んだ。

鮎沢君は目を開けて、私を見下ろした。

彼は深呼吸をしてから、そっと口を開く。

「僕は……男の人しか愛せないんだ」

かなりの勇気を振り絞ったのだろう。掠れ声でそう言った。

うん、と私はうなずく。

「実は、薄々……」

そう言うと、彼は戸惑ったような表情を見せた。

「分かってたんだ？」

分かるよ、と私ははにかんだ。

「ずっと見ていたから」

そのことに気付いてから、私は彼を直視できなくなったのだけど。

「鮎沢君が苦しい想いをしてるのも知っていた。だけど私はあなたの側にいたくて、気付かない振りをしてたんだ。だから申し訳なく思ってた」

鮎沢君は首を横に振り、私の手を優しく握り返す。

「僕は君が好きで、君と同じ時間を過ごせるのが楽しくて、君といると目の前がいつも明るくなる。君と寄り添っているのも好きで、君の体温が心地よくて安心できた」

だけど、と彼は続ける。

「恋愛感情を抱くのはいつも同性で……それも父親のような年齢の男性で、心は君といたいのに欲はいつも他の人を向いてる……」

彼は握った手に力を込めた。

「僕はもうずっと……、自分の心がバラバラになりそうだった！」

心の内を吐露した瞬間、彼の目からぼろぼろと涙が零れ落ちた。

「鮎沢君……」

実は、と鮎沢君は話し始める。

「僕は双子の弟として生まれたんだ。もう一人は女の子……姉だった。母は生まれる前から女の子を欲しがっていて妊娠している時から『歩《あゆみ》』という名をつけようと決めていた。だから姉の名前が歩で、僕はそれにサンズイを足しただけの渉だった。それなのに姉の方が亡くなって、ついでにでしかなかった僕が生き残ってしまった……」

初めて聞く話に、私は何も答えずに耳を傾ける。

「亡くなった双子の姉は無念だったと思う。僕が男性しか愛せないのは、姉が僕を憎んでいて、そうさせているのかもしれない……、とか、いい大人になってもずっとそんな馬鹿なことを考えたりもしていたんだ……」

私は、ふう、と息をついて、両手で鮎沢君の頬を挟んだ。

「本当に馬鹿なことだねぇ」

鮎沢君はぱちりと目を見開く。

「そんなことあるわけないじゃない」

「どうして、そう言い切れるの？」

「だって、もし逆の立場だとして鮎沢君の方が生まれた時に亡くなってしまったら、双子のお姉さんを憎んだりする？」

「そんなことは……」

鮎沢君は、首を横に振る。

でしょう、と私は微笑む。

「鮎沢君のお姉さんも一緒だよ。あなたの恋愛事情とお姉さんは別問題。お姉さんだって勝手にそんな風に思われたらたまったもんじゃない。絶対勘弁してって思ってる。それにそもそも、同性愛を悪いように言うのはおかしいでしょう。あなたにとって自然なことなんだから」

鮎沢君の目がこれ以上ないほどに大きく見開かれている。

私は嬉しかった。二人で過ごした時間が鮎沢君にとって苦しいものだったら、と思うと、ずっと胸が痛かったのだ。

だけどそうではなかった。

鮎沢君にとっても同じように、大切な時間だったのだ。

その事実が、自信につながる。

重く閉ざされていた心の扉が、大きく開いた気がした。

「それに、鮎沢君は男の人しか愛せないって言ったけど、そんなことない。あの時間が嘘じゃないなら、私は鮎沢君にたくさん愛してもらった。だって、恋愛感情なんて大きな愛の中のひとつでしかない。少なくても私はそう思う」

「川田さん……」

鮎沢君は流れる涙を隠すように、片手で顔を覆う。

私が鮎沢君の背中を撫でると、彼は甘えるように私の肩に額を当てた。

「鮎沢君、私も打ち明けるよ」

「えっ？」

「あなたの全部ひっくるめて、私はあなたを愛してる」

ぴくりと彼の体が震える。

彼の泣き笑いが、私の肩に届いた。

「川田さんはそうやって……」

「うん？」

「いつだって、僕の全部を受け止めてくれる」

私も彼の背中に手をまわして、優しく抱き締める。

すると、鮎沢君がぎゅっと強く抱き締めてきた。

互いに涙を流していた。

嬉しくて、幸せな涙だ。

彼の体温を感じながら、もっと早くにこんなふうに話し合えれば良かったのだろうか？　と思い、微かに首を振る。

いや、他の時ではこんなふうにはなれなかった気がする。

きっと今で良かったのだろう。

「……川田さん、何かかたい物がポケットに入ってる？」

「あっ、これを持ってきたんだ」

私は思い出してポケットの中からラムネの瓶を出す。

それを目にするなり鮎沢君はぷっと噴き出した。

「また、鮎沢君はすぐにそうやって笑う」

「だって、川田さんが相変わらず面白いから」

「そんなに面白くないよ。鮎沢君、笑い上戸だよね」

そう言うと彼は、ううん、と首を振る。

「僕がこんなに笑うのは、決まって君といる時だけだよ……藤子さん」

初めて名前を呼ばれて、胸がギュッと詰まった。

「そんな面白いことしてるつもりはないんだけど。それより、久しぶりにラムネ飲まない？　渉さん……」

「うん、一緒に飲もう」

私たちは、寄り添いながら海岸に腰を下ろす。

長い歳月を経て会得した匠の技を見せようとラムネの蓋を開けようとするも、心が浮き足立っているせいかやっぱり泡を噴かせてしまい、二人で涙が出るくらい笑い合う。

長い年月などなかったかのような、幸せな時間だった。

エピローグ

＊

――はぁ、と彼が小さく息をついたことで、私は我に返った。

今は実家に帰る車中だ。

横を向くと、彼の横顔が強張っている。これは緊張からきているもの。

「そんな顔をしなくても大丈夫だよ」

小さく笑った私に、彼は「いや、でもさ」と頭を掻く。

これは弱った時に見せる彼の仕草だ。

「沙月さんのお母さんに初めて会うんだから緊張するよ。ドラマみたく『お嬢さんをください』って言う方がいいのかな。大切な娘さんを僕なんかが……」

大丈夫、と私は笑って、彼の肩に手を触れる。

「でも、さっきから沙月さん、眉間に皺を寄せてるから」

「ごめん、考えごとをしていて」

「お母さんのことだよね？」

そう、と私はうなずく。

「私が連絡をした時に、『お母さんもあなたに大事な話があるの』なんて言ってきたから、なんだか気になっちゃって」

「それって、沙月さんの例のこと……？」

言いにくそうに彼が訊ねる。

私がかつて不倫騒動を起こしたことを言っているのだろう。

「私もそのことかと思って、『私の不祥事のことかな？』って思い切って聞いたら、全然そんなんじゃないから、って」

「あ、そうだったんだ」

彼は少し拍子抜けしたように言う。

私も同じ気持ちで、そうなの、とうなずいた。

「その時に、『あの時はお母さんに迷惑かけたと思う。ごめんなさい』って言えたんだ。そしたら、『あなたは一生懸命恋愛をして、それに対する謝罪も真摯にしたんだから、私に謝る必要は何もないよ』って言ってくれて……」

そう言ってもらえて、嬉しくも申し訳なさは拭えなかった。

私はお母さんに喜んでもらえる子になりたかった、誇りになりたかったのに、ごめんなさい、と続けると母は笑って言った。

『馬鹿だね。あなたは授かった時から私の喜びで、ずっと私の誇りだよ』

その言葉に私は驚いて、動揺した。

それ、本当？　と訊ねると、母は、もちろん、と笑った後に、少し申し訳なさそうに続けた。

『私は、あなたを縛りたくなくて、肯定はしても過剰に褒めたりはしないようにしていた。なるべく自由な心でいてほしいと思っていた。それが逆にあなたを縛っていたのかもしれないね。ごめんね』

私は泣きながら首を横に振り、こう言った。

『お母さんのおかげで色んなことにチャレンジできる人間に育ったと思うから。本当にありがとう』

ちゃんと自分の気持ちを伝えられて良かった、と思っていると、彼が「あっ」と声を上げる。

横を見ると、その顔は青ざめていた。

「もしかしたら、その大事な話って沙月さんの家、年老いた猫がいるって言ってたけど、その猫に何かあったとか」

考えることは一緒だ、と私は肩をすくめる。

「実はそれも心配して聞いてみたら、老猫と思えないくらい元気だって」

そっか、と彼は安堵の息をついた。

本当に優しい人だ、と顔が綻ぶ。

きっと母も気に入ってくれるだろう。

車は海岸沿いの道を走り抜けていく。

美しい夕日は、海面に反射して光っていた。

海の方を見ると、どこかで見たトレーラーカフェが目に入る。

猫の着ぐるみをきたスタッフたちが、こちらに向かって手を振っている。

「あっ、あのカフェ。ちょっと停まれる？」

「えっ？」

彼は車を脇に寄せて、停車した。

車を降りて、海岸に目を向ける。

だが、トレーラーカフェはどこにもなかった。

あれ？　と私は首を振って、周囲を見回す。

「沙月さん、どうしたの？」

彼が窓から顔を出して、訊ねる。

「見間違いなのかな……？　なんだか知ってるトレーラーカフェを見た気がして」

「知ってるトレーラーカフェって？」

「……よく覚えていないんだけどね」

なにそれ、と彼は笑う。

「ま、いいや。家はもうすぐだよ」

私が助手席に戻った時、車からラジオが流れた。

『次に嬉しいエンタメのニュースです』

エンタメと聞き、なんだろう、と私は耳を傾ける。

『作家・二季草渉さんの新作の海外での映像化が発表されました。長くスランプに陥っていた二季草先生ですが、生まれ育った香川県に戻り、自然の中での生活をしたことで、創作意欲が復活。半年前に刊行した作品は大評判で、たちまちベストセラー。すぐに翻訳されて、海外での評判も高いとのことです』

ラジオを聞きながら、私と彼は、へぇ、と洩らす。

「二季草先生って香川の人だったんだ。沙月さん、知ってた？」

ううん、と私は首を横に振る。

「まったく知らなかった。あっ、でも、だからお母さん、二季草先生の本を持ってたのかも」

「同郷の有名人になるわけだもんね。もしかしたら知り合いだったりして？」

「同世代だから、存在を知ってるってくらいじゃないかな」

「僕たちが香川にいる間に、二季草先生とすれ違ったりしたら凄いよね」

「香川は広くないから、ありえない話じゃないけどね」

「そしたらサインもらえるように、いつでも本を持ち歩いておこうかな」

「そんな偶然なかなかないと思うよ？」

そんな話をしながら、車は懐かしい道に入った。

「その角を曲がった先が実家だから」

私の案内に、彼は、了解、と言ってハンドルを切る。

「へぇ、すごくお洒落《しゃれ》な家なんだね」

その言葉に、私は苦笑した。

「どこを見て、お洒落って言葉が出るの？　築ウン十年のボロ家で……」

と、私は実家に目を向けて、あれ、と目を凝らす。

「家が……違う」

「違うって？」

「あ、違わないんだけど、外壁が塗り直されてるの」

くすんでひび割れたグレーの外壁ではなくなり、漆喰の白い壁、オレンジ色の屋根の素敵な一軒家になっている。家の前にはプランターが並び、花が咲き誇っていた。

澄み渡る青い空の下、白い壁が眩しい小さな一軒家は、カタログに出てくるように美しく、私は呆然とする。

「どうして、こんなに家がピカピカになってるんだろう？　うちにはそんな余裕はないはずなのに……」

「沙月さんが仕送りしてるから？」

「ううん、仕送りしても現金書留で送り返されるから、もうしてなくて……」

さらに驚いたのは、家の前に外車が停まっていたことだ。

家の中からピアノの音も聴こえている。オーバー・ザ・レインボーだった。

「誰か来てるのかな？」

不思議に思いながら、私たちは車を降りる。

窓際にはシロミがいた。こちらを見て、お帰りとでも言うように、窓に前足を当てている。ピンク色の肉球が愛らしくて、頬が緩む。

私の横で彼が、胸に手を当てている。

「あー、緊張する」

「大丈夫だよ」

母は今、とても充実した時間を過ごしているのだろう。

家を見ただけで、それを感じた。

私は、すぅっと息を吸い込み、ただいま、と実家の扉を開ける。

「お帰りなさい」

玄関で迎えてくれたのは母とシロミ、そして背の高い男性——作家の二季草渉だった。

二季草渉は少し緊張の面持ちで私たちに向かって会釈をしていた。

「え……?」

私も彼も思わず立ち尽くす。

「とりあえず、話は中でゆっくり」

母ははにかみながら、どうぞ、と家の中に向かって手を差し向けた。

この後、私は自分の出生の真相を聞くことになる。

衝撃的な事実にしばらく呆然とした。

だけどやはり嬉しくて、最後は皆揃って泣き笑いをするのだけど、それは夜が更けた頃の話だ。

＊

陽が落ちて、海の上は満天の星が広がっている。

だが、月の姿は見えない。今夜は新月だ。

海岸に出店している満月珈琲店が月に代わって、柔らかな光を放っている。

「いやぁ、嬉しいねぇ。幸せだねぇ」

サラは頬を赤らめながら、真新しいハードカバーの単行本を胸に抱いている。

二季草渉の新作だ。

そんなサラの様子を見ていると私も嬉しくなる。

「サラ様、良かったですね」

「ありがとう、ヴィー。珍しくがんばった甲斐があったなぁ。人を助けるって尊いことだよね」

サラは夜空を見上げて、熱っぽく言う。

するとサートゥルヌスが、ぶすっ、として言う。

「何が『人を助ける』ですか。彼の作品を読みたい一心の私利私欲ではないですか」

「えー、そんなの当たり前だよ」

あっさりとそう言うサラに、サートゥルヌスは顔をしかめる。

「当たり前って」

「自分が嬉しくて人も嬉しい、世の中も嬉しい。これが宇宙の三位一体。情けは人の為ならずってね。それにわたしたちは人が言う神や仏じゃない。気まぐれで人を助けたり、試練を与えたりする。そもそも星はそんな勝手な存在だし」

サラは人差し指を立てて、いたずらっぽく笑う。

それには反論できないようで、サートゥルヌスは口を噤んだ。

その様子を見ながらマーキュリーとウーラノスがこそこそと話す。

「すごい、サラさんはサーたんを黙らせることができるんだ」

「まぁ、サラさんだからねぇ」

話を聞きながら、私は、ふふっと笑う。

「でも、サラ様の言う通り、みんな幸せだからいいですよね」

そう言った後に、あれ？　と小首を傾げる。

「でも、事故に遭って意識不明の鮎沢さんと、その事実をテレビで知ってショックと脱水症状で病院に運ばれた藤子さんはどうなったんだろう？」

するとマーキュリーが、冷ややかに一瞥をくれる。

「そりゃあもちろん、彼らも存在してるよ」

「それじゃあ、幸せな世界が増えたけれど、寂しい世界は残ってるんだ」

しゅんとすると、それは違うよぉ、とウーラノスが顔を出す。

「だって、二人ともそれぞれここでサラさんと話しているよね」

うん、と私はうなずく。

「目を覚ました時、二人はそれぞれここでのことを忘れている。だけど、潜在意識では覚えてるんだ。二人は互いにもう一度会ってみようと思うだろう。その時はきっと素直になれる」

「ウーラノス……」

そうだ。藤子さんはきっと沙月さんにお願いして、鮎沢さんが入院している病院を調べて会いに行こうとするだろうし、鮎沢さんだって目を覚ましたらもう一度だけ藤子さんに会おうと決心するだろう。

そんな風に思い合っている二人が、再会できないはずがない。

手を取り合う二人の姿を思い浮かべて、私は胸を熱くさせる。

だが、心配になった。

ちゃんと素直になれるだろうか？

いや、大丈夫だろう。

「他の世界線の自分たちも、背中を押してくれるよね？」

もちろん、とウーラノスは八重歯を見せた。

「そうして、自分のフィールドのすべてが輝き出すんだ」

良かった、と私は晴れ晴れとした気持ちで、夜空を見上げる。

夏の大三角形が大きく光り輝いている。

「まるで、三位一体を教えてくれるみたい」

その時、マスターとルナが、トレーラーから出てきた。

「今宵は夏の大三角形が綺麗に見えるということで、『夏の大三角形のアイスキャンディー』を用意しました」

マスターが大きな皿を手にそう言うと、隣に立つルナが話を引き継いだ。

「家族の幸せに想いを馳せていただきましょう」

大きな皿の上に三角形の棒付きのアイスがあった。

夜空の色の中にきらきらと星が瞬いている。

「わぁ、綺麗なアイス」

いただきます、と私は棒を手に取って、三角形の先端を口にする。

爽やかだけど濃厚なソーダの味わいだ。冷たさと共に自分の体の中に星が入ってきて、レモンの風味が弾ける。

「美味しいっ」

頬に手を当てていると、サラが口を尖らせながらマスターを見る。

「えー、マスター、わたしはそろそろシャンパンが飲みたい。アイスよりシャンパンでお祝いがいい」

マスターが口を開く前に、ルナがぴしゃりと言う。

「駄目よ。あなたは加減を知らないんだから」

「うっ、ルナちゃん、手厳しい」

マスターは愉しげに笑って、ですが、とサラを見た。

「大活躍のサラさんに、とっておきのメニューを用意しましたよ」

「とっておき？」

こちらです、とマスターは、テーブルの上にパフェを置いた。

黒ゴマクリーム、コーヒーゼリー、つぶあん、チョコフレークと黒で統一されていて、上には満月のように黄色いバニラとほうじ茶のアイスが乗っている。

これは、私も大好きなメニューだ。

「『真夜中のパフェ』です」

サラは、顔を明るくさせて、パフェに顔を近付ける。

「なんてシックなパフェなんだろう。真夜中にパフェなんて最高だね」

「それも、ほどほどに、ですよ」

ルナがすかさず言う。

はぁい、とサラは言って、スプーンを手にしていた。

嬉しそうにパフェを食べる様子を眺めながら、マーキュリーがぽつりと言う。

「こう見てると、ものすごい力の持ち主には見えないよね」

たしかに、と私は笑う。

「サラ様はいつもふわっとした優しい方だし」

話しながら、鮎沢渉の姿が私の頭に浮かんだ。

「……そういえば、鮎沢さんってサラ様っぽいというか、なんとなく水の属性が強い感じの方でしたよね」

ええ、とマスターがうなずく。

「彼は、太陽が魚座《うお》、月は蟹座《かに》と、非常に水の属性が強い方でしたね」

やっぱりそうなんだ、と私は相槌をうつ。

イメージングや創作を得意とする魚座が表看板で、家庭を愛し護る蟹座が内面にあった。だから創作をしながら、自分が身を置く場所、家族を求め続けたのだろう。

魚座も蟹座も水のエレメント。

水の属性を司るのが、海王星なのだ。

「一方の藤子さんは、太陽・乙女座（地）、月・獅子座（火）だったけど、彼女自身は、風の属性っぽい方だった気がして」

彼女は、個々を重んじ、偏見なく、自分は自分で在る、そんな人だった。

たしかに風っぽいね、とウーラノスが納得したように言う。

「つまり藤子さん鮎沢さんは、水と風の象徴みたいな人だったんだ。そんな二人が手を取って生きていく。それは、サラさんも動くわけだ」

だね、とマーキュリーも同意した。

「これからの時代に必要な要素が詰め込まれてるし」

「それってどういうこと？」

私の問いに、マーキュリーが、やれやれ、という様子で説明を始める。

「ちょっと前は地の時代で、今は風の時代に移ったのは分かってるよね」

私は口を尖らせて、マーキュリーを横目で見た。

「そのくらいは分かってる。もう何度も教わったもの」

「地の時代だった時に、地の時代らしいものが流行った一方で、インターネットはもちろん、SNSや配送システムといった風の属性の会社が大きく飛躍したよね」

うん、と私はうなずく。

「それは次の時代への橋渡しとして必要だったからなんだ。宇宙が背中を押したわけ」

「宇宙の応援が入るっていうあれね」

「そう。そして今は風の時代だよね。その次は随分先になるけど、水の時代が来る。この風の時代に、水を取り入れる必要があるってことなんだ」

そう話すマーキュリーに、私は「えっと」と上を見る。

「水を取り入れるというと？」

「ええと、そうだね、芸術やエンタメ、イメージングもそうだし……」

マーキュリーがぎこちなく答えていると、サラが、ふふっと笑う。

「何よりね、愛だよ」

愛……、と私は頬に手を当てる。

「ヴィーの大好きな男女の恋愛はもちろんだけど、藤子さんが言っていたように、そんなのは大きな愛の中のほんの一部。風の時代は、個々の時代だよね。だからこそ、相手の気持ちをイメージできることが大事になってくる。愛と思いやりを持つことで、心地よい風が吹く時代になるんだ」

そう言ったサラに、私は胸の前に手を合わせた。

「心地よい風……素敵ですね」

それまで難しい顔をして黙って聞いていたサートゥルヌスも、その言葉には感銘を受けたようで、そうですね、と首を縦に振った。

「これからの時代、何より大事になってくるのは相手を尊重する心を持つ、つまりは思いやりの心かもしれません。藤子さんと共に生きる鮎沢渉は、彼女との生活を通して、あらためて大切なことを学ぶ。それを作品に書くことで、世界中の人に届けられる。……なるほど、それがあなたの目的でしたか」

するとサラは食べる手を止めて、えへへ、と照れたように笑う。口の横にクリームがついている。

「まぁ、それは後付けで、一番はわたしが作品を読みたかっただけなんだけどね」

「褒めているんですから、わざわざ言わなくていいですよ。あと、クリームがついてますよ」

と、サートゥルヌスは顔をしかめながら、サラにハンカチを手渡した。

ありがと、とサラは口を拭う。

「サーたんに褒められるとくすぐったくて。やっぱりわたしはそんな立派なものではないし。だけど面白いものでね、自分のために行動するのが、まわりまわってそれが最高値だったりするんだよね」

なるほど、とマーキュリーが腕を組む。

「サラさんは新作を読みたいという想いで二人に手を差し伸べた。幸せになった作家はまた作品を書ける。その作品は大ベストセラーとなって世界中の人の許に届けられる。作品を読んだ人たちは大切なことに気付くヒントを得る。ついでに世界の経済までぐるぐる回すんだから最高値だ。三位一体どころじゃない。本当にすごいよね」

うんうん、と私はうなずいた。

「小さな力しか出していないのに、そこまでのことやっちゃうんだから、本当にすごいです」

だねぇ、とウーラノスが、頭の後ろで手を組む。

「でも、結局ぐわんと時空を歪ませてさ。大変なことになるかと思ったけど、ちゃんと収めて幸せを導いたんだから、サラさんの奇跡の手腕だよ」

私たちの話を聞いていたサラは、ううん、と首を振った。

「わたしじゃないよ。わたしがどんなに手を差し伸べても本人が拒否したらなんにもならない。結局、自分を幸せにできるのは、自分だけなんだよね」

「自分を幸せにできるのは、自分だけ、かぁ……」

誰かを幸せにしたい、幸せにできる自分でいたい。そういう想いは尊いだろう。

しかしそれ以前に、人は自分を幸せにしなければならないのだ。

これがすべての基本で、すべてはそれからだ。

「あと、時空に関してこんなに上手くいったのは、やっぱり獅子の扉《ライオンズゲート》が開かれていたからだと思うよ。特別なエネルギーのおかげだね」

いたずらっぽく笑うサラに、なるほど、と私は納得して、空を仰ぐ。

自分の心に耳を傾けることで内側が整う。内の中は、すなわち宇宙。そことつながることで、願いが叶っていくのだ。

今宵は、獅子の扉が開いている新月——奇跡の夜。

私は大きく深呼吸して、一人一人が獅子の恩恵に与れることを心から願う。

濃紺の空に、銀色の星たちが瞬いている。
その一つが私の想いに応えるように、尾を引いて流れていった。

あとがき

『満月珈琲店の星詠み～ライオンズゲートの奇跡～』をお読みくださいまして、ありがとうございます。望月麻衣です。

星詠みシリーズ、三作目。今作はこれまでとは少し趣が違っています。

その裏話を語らせてください。

このシリーズを書き始めて少し経った頃、『インターステラー』というSF映画を観ました。その映画では、宇宙の中の五次元の世界を見事に描いていまして、いつか私も五次元の世界を表現したものを書いてみたい、と朧気ながら思ったものです。

とはいえ、そんなことはすっかり忘れて、三作目に取り掛かることとなりました。

次はまだ登場させていなかった、海王星を描きたい。

最初にそう思ったのですが、躊躇う気持ちもありました。

今作を読んでくださった方ならなんとなく感じてくれたと思いますが、海王星はとてもエネルギーが強い星です。

個人と関わらせるのは難しそうだ、と二の足を踏んでしまっていたのです。

ですが、『STAR INNOVATION』という星にまつわる本を拝読しまして、時代は常に、先の時代の属性を必要としていることを学びました。

作中にも書きましたが、地の時代の時には、風の属性だったインターネットが大きく普及しました。

それは、次の時代へと先導する存在を必要としていたからです。今は風の時代で、次は水の時代です。つまり風の時代の今は、水の属性を必要としているということ。

それならやはり、水を司る海王星を書くしかない、と決意をしました。

とはいえ、恐れはありました。海王星を主役にすることで、これまでとは違ったものになるだろうし、何より常識など大きく飛び越した展開になるだろうと……書いた結果、やはり思った通りで、戸惑われた方もいらっしゃったかもしれません。

ですが、私自身はこの作品を書けて良かったと心から思っています。

執筆途中、話の展開で思わず泣いてしまうことは（恥ずかしながら）たまにあるのですが、この作品は夢中になって最後まで書き、書き終えた後に、『この話を書けて良かった』と涙が出ました。そんなふうになったのは今作が初めてで、このあとがきを書きながら、とても感慨深いです。

また、前作『本当の願いごと』（サブタイトル）を書いた際、「私も自分の本当の願いごとがよく分からない」というお声が多く届きました。

今作は、そのアンサーでもあります。受け取っていただけたら嬉しいです。

そして、今作も桜田千尋先生のイラストに、大きな刺激を受けました。

ぼんやりした構想しか浮かんでおらず、とっかかりが分からずに悶々《もんもん》としていた時に、『ダイビング・ソーダ』を見て、「これだ！」と閃《ひらめ》きました。

その日にプロローグを書き上げられたので、やはりこのシリーズは桜田先生のイラストがあって生まれるのだろうなぁ、と実感していた次第です。

桜田先生、いつも素晴らしいイラスト、本当に感謝しています。

今作の舞台は四国。ちらりと登場した神戸も含め、大好きなところを舞台に描けて嬉しかったです。

今巻もこの場を借りて、お礼をお伝えさせてください。担当編集者様、および讃岐弁を監修してくださった編集者様。

素晴らしいイラストをご提供してくださった桜田千尋先生、占星術の先生・宮崎えり子さんをはじめ、本作品に関わるすべての方とご縁に、心より感謝申し上げます。

本当にありがとうございました。

どうか、すべての方の願いが叶いますように――。

望月麻衣

参考文献

ルネ・ヴァン・ダール研究所『いちばんやさしい西洋占星術入門』（ナツメ社）
ケヴィン・バーク　伊泉龍一訳『占星術完全ガイド　古典的技法から現代的解釈まで』（フォーテュナ）
ルル・ラブア『占星学　新装版』（実業之日本社）
鏡リュウジ『鏡リュウジの占星術の教科書Ⅰ　自分を知る編』（原書房）
鏡リュウジ『占いはなぜ当たるのですか』（説話社）
松村潔　エルブックスシリーズ『増補改訂　決定版　最新占星術入門』（学研プラス）
松村潔『完全マスター西洋占星術』（説話社）
松村潔『月星座占星術講座――月で知るあなたの心と体の未来と夢の成就法――』（技術評論社）
石井ゆかり『月で読む　あしたの星占い』（すみれ書房）
石井ゆかり『12星座』（WAVE出版）

本書は文庫オリジナルです

訳詞引用参考元　ウェブサイト『世界の民謡・童謡』

文春文庫

満月珈琲店《まんげつコーヒーてん》の星詠《ほしよ》み

~ライオンズゲートの奇跡《きせき》~

定価はカバーに表示してあります

2021年12月10日　第1刷
2023年12月25日　第4刷

著　者　望《もち》月《づき》麻《ま》衣《い》
画　桜田《さくらだ》千《ち》尋《ひろ》
発行者　大沼貴之
発行所　株式会社　文藝春秋

東京都千代田区紀尾井町 3-23　〒102-8008
TEL 03・3265・1211㈹
文藝春秋ホームページ　http://www.bunshun.co.jp

落丁、乱丁本は、お手数ですが小社製作部宛お送り下さい。送料小社負担でお取替致します。

印刷・萩原印刷　製本・加藤製本
Printed in Japan
ISBN978-4-16-791792-0

『満月珈琲店の星詠み』シリーズ

満月珈琲店の星詠み

望月麻衣・著 桜田千尋・画

満月の夜にだけ現れる満月珈琲店では、猫のマスターと店員が、極上のスイーツやフードとドリンクで客をもてなす。スランプ中のシナリオ・ライター、不倫未遂のディレクター、恋するIT起業家……マスターは訪問客の星の動きを「詠む」。悩める人々を星はどう導くか。

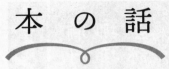